Scherz Krimi
Spannung mit Niveau

Jeffrey Ashford

Weh dem, der singt

Scherz
Bern München Wien

Einzig berechtigte Übertragung aus dem Englischen
von Hardo Wichmann
Titel des Originals: »An Illegal Solution«
Schutzumschlag von Heinz Looser
Foto: Thomas Cugini

1. Auflage 1993, ISBN 3-502-51428-3

Gesamtherstellung: Ebner Ulm

1

Detective Inspector Fawcus wollte von seinen Untergebenen geachtet, nicht geliebt werden; beliebt zu sein bewies, daß man seine Leute nicht hart genug herannahm. Er spielte an seiner Unterlippe und starrte auf die topographische Karte von Seetonhurst an der Wand. »Der Treff soll also in diesem zum Verkauf stehenden, völlig leergeräumten Eckhaus im Fairview Crescent stattfinden?«

»Richtig«, erwiderte Detective Sergeant O'Connor, ein hochgewachsener Mann, dessen krummer Rücken über seine wahre Größe hinwegtäuschte. Er wirkte auch älter, als er in Wirklichkeit war, weil sein tief zerfurchtes Gesicht so oft ernst aussah. »Wann, wissen wir aber nicht. Mein Informant sagte nur, man würde sich nach Einbruch der Dunkelheit dort treffen.«

»Und es käme ein Mann in mittleren Jahren mit einer Narbe auf der Wange, dessen Identität aber noch nicht bekannt sei? Ich muß schon sagen, daß Ihre Informationsquelle nicht gerade klar sprudelt.«

»Immerhin ein Hinweis«, erwiderte O'Connor.

»Der aber sehr viel handfester sein sollte als der letzte, der uns den sechsstündigen Einsatz eines kompletten Teams kostete, weil sich niemand dort sehen ließ. Es sei denn, die Zielpersonen waren unentdeckt durchs Netz geschlüpft.«

Fawcus deutete nicht zum ersten Mal an, die Mitglieder des Überwachungsteams seien vor fünf Nächten nicht aufmerksam genug gewesen. O'Connor, der treu zu seinen Leuten stand, meinte fest: »Das ist ausgeschlossen.«

»Aber selbstverständlich«, versetzte Fawcus ironisch und setzte sich an seinen Schreibtisch. »Na schön. Lassen Sie die Aktion anlaufen.«

In sein Zimmer zurückgekehrt, neben dem das des Detective Inspectors lag, griff O'Connor nach einem Bleistift, um die Namen der Mitglieder des Überwachungsteams aufzuschreiben, starrte dann aber doch ins Leere. Mehr, als man vielleicht zugeben wollte, war die Polizei auf Hinweise aus dem Kriminellenmilieu angewiesen. Die Wahrheit war für diese Leute lediglich ein Fremdwort, und deshalb kam es zwangsläufig immer wieder vor, daß sich Informationen als falsch oder gar als Täuschungsmanöver entpuppten. Allerdings glaubte O'Connor nicht, daß dies der Grund für den Mißerfolg vor fünf Tagen war oder daß sie heute wieder mit Fehlinformationen zu rechnen hätten. Dennoch ...

Er war Pessimist, sorgte sich nur um bestimmte Dinge wie seine Familie oder seine Stellung im Dienst der Polizei; das Ozonloch war ihm völlig gleichgültig. Er war der Auffassung, daß es die Aufgabe eines Polizeibeamten war, der Gerechtigkeit zum Sieg zu verhelfen; die Aufklärungsquote mußte nicht unbedingt gut aussehen – eine Haltung, die ihn bei seinen Vorgesetzten oft nicht gerade beliebt machte. Er fürchtete Drogen und verabscheute Leute, die damit handelten, und das mehr noch als die meisten Eltern, denn er hatte sich so oft mit den jungen Opfern befassen müssen. O'Connor wußte, daß selbst ein ordentliches Heim und fürsorgliche Eltern nicht garantiert verhindern können, daß ein junger Mensch zu Drogen greift oder sich zu ihrem Gebrauch verleiten läßt. Er kannte viele Süchtige, die aus glücklichen Familien stammten. Mehr als einmal hatte er seine eigenen Kinder – Harry, 14, und Liz, 12 Jahre alt – vor Drogen gewarnt und gehofft, daß sie seine Mahnung beherzigten, doch er wußte nur zu gut, daß im Rausch der frühen Jugend Gefahren oft besonders verlockend waren ...

Er zwang seine Gedanken zurück in die Gegenwart und begann, das Überwachungsteam zusammenzustellen. Brent ...

Brent lag auf einer sorgfältig auf dem Wiesengrund ausgebreiteten Reisedecke und drehte sich um. Er schaute übers Feld hinüber zu Susan, die am Rand eines Hügeleinschnitts stand. Die helle Sonne ließ ihr kastanienfarbenes Haar noch intensiver leuchten, und hin und wieder schmiegte sich ihr Sommerkleid in der leichten Brise an ihre hübsche Figur. Über die Entfernung konnte er ihre tiefblauen Augen, die Stupsnase und die vollen, sinnlichen Lippen nicht erkennen.

Er legte sich auf den Rücken und schloß die Augen. Vor sechs Monaten war sie Zeugin eines Verkehrsunfalls gewesen und hatte auf der Wache bei ihm ihre Aussage gemacht. Er war ein gutaussehender, kerniger und sportlicher Typ (dies war nicht seine Einschätzung, sondern die Auffassung vieler Frauen, die er gekannt hatte), doch sie hatte ihn mit einer kühlen Höflichkeit behandelt, die schon fast an Verachtung grenzte. Der Reiz der Herausforderung war so groß gewesen, daß er sie unter einem lächerlichen Vorwand zu Hause besucht hatte. Sie wohnte in einem Haus im Stil des 18. Jahrhunderts, das fünf Meilen von Seetonhurst auf einem großen Grundstück stand, aber er hatte sich von ihr nicht im geringsten einschüchtern lassen. Seine finanziellen Verhältnisse waren nicht rosig, so daß er nicht gerade der beste Kunde seiner Bank war, doch das tat seinem Selbstwertgefühl keinen Abbruch. Bei ihrer zweiten Begegnung war die hochnäsige Gleichgültigkeit, mit der die Reichen ihr Innenleben abkapseln, noch offensichtlicher gewesen. Brent hatte Susan als nicht der Mühe wert abgeschrieben.

Jedoch wenige Tage später rief sie ihn bei der Wache

an und erklärte, sie habe ihm unter Umständen einen falschen Hinweis gegeben; ob er vielleicht noch einmal bei ihr vorbeikommen könne? Sie ist also doch empfänglich für seinen Charme, dachte er bei sich. Dann aber beging er den Fehler, sich zu zuversichtlich zu geben. Susans Art fiel noch einige Grade kühler als bei ihrem letzten Treffen aus, und er vergaß die Vorschrift Nr. 14 aus dem Regelwerk *Verhalten, Umgangsformen und Ethik* und wurde ganz unverhohlen grob. Sie indes reagierte darauf mit einem Lächeln. Einem Lächeln, das ihm für den Rest des Tages keine Ruhe ließ.
Im Lauf der nächsten zwei Wochen beschloß er zweimal, sie anzurufen, ließ es aber dann doch sein. Sie war es gewohnt, hofiert zu werden; daß sie dieses Mal nicht angeschwärmt wurde, mußte sie wohl faszinieren. (Er hatte sich zwar anmerken lassen, daß sie ihm nicht gleichgültig war, was er jedoch einfach verdrängte.) Fünfzehn Tage später rief sie wieder an und fragte ihn in gelangweiltem Tonfall, ob er Lust habe, mit ihr zum Polo zu gehen; ein paar Freunde von ihr wollten spielen. Er erwiderte, daß er sich lieber eine Runde Darts im Pub ansehen wolle. Seltsam, gerade das habe sie schon immer einmal erleben wollen.
Sie gingen mehrmals miteinander aus, stritten jedoch unentwegt miteinander. Beleidigungen flogen hin und her, Angewohnheiten wurden kritisiert. Ein zufälliger Mithörer mußte zu dem Schluß kommen, daß sie einander nicht ausstehen konnten. Urplötzlich schlug sie an einem Mittwochnachmittag vor, zu ihr nach Hause zu gehen, ihre Eltern seien nämlich verreist, und die Putzfrau habe einen ihrer Schwächeanfälle ...
Heute schlenderte sie durch das nachgiebige Gras zurück, mied einen Brombeerbusch und blieb knapp vor der Reisedecke stehen. »Na, welche Welträtsel löst du?« Sie ließ sich in einer anmutigen Bewegung nieder.

»Ich habe mich gefragt, warum ich so lange gebraucht habe, um mich in dich zu verlieben – ganze vierundzwanzig Stunden.«

»Erinnere mich, daß ich dir einen Kuß gebe, damit du den Grund nicht vergißt.« Sie unterließ es, nach seiner Hand zu greifen, wie es eine andere Frau getan hätte, um mit dieser raschen Geste zu demonstrieren, daß sie seine Liebe erwiderte. Sie gab – und duldete – nicht den geringsten Beweis von Zuneigung in der Öffentlichkeit.

Er wandte sich ab und schaute über die Landschaft gut hundert Meter unter ihnen. Seetonhurst war nicht sichtbar, aber man sah Felder, Waldungen, hin und wieder ein Haus und in der Ferne so undeutlich, daß sie nicht häßlich wirkte, die Stadt Bradington. Die Liebe zum Landleben hatte er wohl von seinen Vorfahren väterlicherseits geerbt, die vor drei Generationen Bauern gewesen waren. Wenn er jemals bei einem Glücksspiel gewinnen sollte würde er ein Herrenhaus aus dem 16. Jahrhundert kaufen – mit genug Stallungen, damit sie sich mindestens sechs Pferde halten konnten ...

»Gehn wir.« Sie stand auf.

Ihr wurde rasch langweilig, weil sie nicht über seine Fähigkeit verfügte, die Zeit mühelos dahingleiten zu lassen. Sie hatte seine Ausbildung nicht durchmachen müssen – stundenlanges Warten und Beobachten, wobei nur Phantasie und Erinnerungen die Langeweile in Schach hielten. Er legte die Reisedecke zusammen und folgte ihr bergan zu dem kleinen Parkplatz an der Straße. Sie stieg in Brents Escort und knallte lässig die Tür zu. Susan fuhr einen Porsche 911 Turbo und hätte natürlich lieber ihr Auto genommen, aber Brent bestand darauf, daß sie mit seinem Wagen fuhren, wenn sie zusammen ausgingen. Das Haus gehörte ihr, also sollte wenigstens das Auto ihm gehören.

Grangeway, eine große Villa mit weitläufigem Garten vor und hinter dem Haus, war vor zwanzig Jahren erbaut worden. Er wußte nicht so genau, warum sie gerade dieses Haus besaß, denn sie hatte es bisher weder bewohnt noch vermietet, doch einer Bemerkung, die sie einmal gemacht hatte, entnahm er, daß es das Ergebnis einer Steuermanipulation ihres Vaters war. Christopher Radford war glatt, knallhart und gerissen.
Brent schloß die Haustür hinter sich und trug die Decke zum Wandschrank in der Halle. »Laß das liegen und komm mit rauf«, befahl sie. »Ich hab' Lust.«
Zu Anfang hatte er überrascht und dummerweise sogar peinlich berührt reagiert, wenn sie mitten am Tag plötzlich mit ihm schlafen wollte. Er hielt sich für einen ganz modernen Menschen, doch zu Hause waren ihm einige Verhaltensregeln eingetrimmt worden, über die er sich nicht einfach hinwegsetzen konnte, und zu diesen gehörte, daß der Sex, übrigens immer auf die Initiative des Mannes hin, erst nach Einbruch der Dunkelheit stattfand.
Sie gingen die Treppe hinauf und in ein Schlafzimmer am Ende eines langen Ganges. Sie ließ sich gerne von ihm ausziehen, langsam und mit gespielter Widerspenstigkeit. Gleichgültigkeit, vielleicht weil sie sie selbst so oft als Waffe einsetzte, erregte sie.
Das Telefon klingelte.
»Vergiß es«, murmelte sie.
Er nahm ab. O'Connor sagte am anderen Ende: »Teufel noch mal, wo waren Sie? Ich versuche schon den ganzen Tag, Sie zu erreichen. Kommen Sie auf der Stelle hierher!«
»Moment bitte, heute ist mein freier Tag, und –«
»Heute *war* Ihr freier Tag.« O'Connor legte auf.
»Der Sergeant schreit nach mir«, sagte Brent.
»Laß ihn doch schreien.«

»Es muß etwas Wichtiges passiert sein. Tut mir leid, wir müssen uns ein bißchen beeilen.«
»Nur ein Wort von ihm, und du mußt auf der Stelle gehen?«
»Ich habe mich entschuldigt . . .«
»Ach, schon gut. Tu ruhig, was dir wichtiger ist.« Sie wirbelte herum, stand auf und begann sich anzuziehen.

2

Das Überwachungsteam war in drei Gruppen aufgeteilt worden: zwei in Fahrzeugen, die dritte in einem Haus, dessen Besitzer, ein ehemaliger Polizeibeamter, es als Beobachtungsposten zur Verfügung gestellt hatte.
Sitzt man in einem dunklen Zimmer und starrt auf eine Straße, auf der sich nichts tut, vergeht die Zeit nur langsam. Police Constable Eastern klagte: »Jetzt verpasse ich mein Lieblingsprogramm im Fernsehen.«
»Sie sind noch zu jung, um nur zu ahnen, was mir gerade jetzt entgeht«, versetzte Brent.
»Ich muß jetzt schon zum zweiten Mal in dieser Woche überwachen . . . Darf ich mal eine rauchen gehen?«
»Klar, ruinieren Sie ruhig Ihre Gesundheit.« Brent starrte weiter durch den Spalt in den Tüllvorhängen auf das Eckhaus gegenüber. Ihm entging nichts, aber in Gedanken war er nicht hier. In welcher Laune würde er Susan vorfinden, wenn er zur Villa Grangeway zurückkam? Sie hatte es im Leben immer so leicht gehabt, daß sie fuchsteufelswild wurde, wenn etwas nicht so verlief, wie es ihr paßte.
Ein Auto kam in Sicht, wurde stark abgebremst. Brent

pfiff. Eastern hastete ins Zimmer zurück und drückte die Zigarette im Aschenbecher aus. Das Fahrzeug war inzwischen in die Einfahrt des vorletzten Hauses eingebogen. Im Licht seiner Scheinwerfer sahen sie eine Frau aussteigen und das Garagentor aufschließen.
»Blinder Alarm«, bemerkte Brent.
»Jetzt hab' ich Ihretwegen eine Zigarette verschwendet«, beschwerte sich Eastern. Er ließ sich wieder auf dem Sessel nieder, auf dem er gesessen hatte, und schaute auf die Uhr. »Ob die Kerle überhaupt noch kommen?«

Detective Inspector Fawcus hatte sich beim Rasieren geschnitten; nun verunzierte eine kleine Blutspur sein kantiges Kinn. Er war in allen Dingen konservativ und rasierte sich grundsätzlich mit dem Messer, nie elektrisch. Jetzt lehnte er sich in seinem Sessel zurück und fragte: »Nun?«
»Fehlanzeige«, erwiderte O'Connor erschöpft.
»Warum? frage ich mich.«
»Falschinformation, umgeworfene Pläne ...« O'Connor hob die Schultern.
»Oder eine undichte Stelle?«
»Bestimmt nicht.«
»Es ist aber trotz sorgfältiger Vorbereitungen das zweite Mal, daß niemand erschien.«
»Eine undichte Stelle ist ausgeschlossen. Ich habe das Objekt erst eine halbe Stunde vor Beginn der Aktion bekanntgegeben.«
»Genug Zeit für einen Anruf.«
»In unseren Reihen gibt es keinen Verräter.«
»Wir werden das überprüfen müssen.«
»Wenn Sie glauben ...«
»Es ist schon einmal vorgekommen, und es wird unweigerlich wieder passieren.«

»In meiner Einheit ganz bestimmt nicht.«
»Hochmut kommt vor dem Fall; vergessen Sie das nicht.«
O'Connor verkniff die Lippen. Er war nicht etwa stolz auf seine eigenen Fähigkeiten, vielmehr auf die Integrität seiner Untergebenen.
»Wenden Sie sich an Ihren Informanten, und stellen Sie fest, was da schon wieder schiefgelaufen ist«, sagte Detective Inspector Fawcus nun verbindlicher. »Eines muß ich Ihnen lassen. Wären alle so wie Sie, wäre Verrat in unseren Reihen ein Ding der Unmöglichkeit.«
Das beruhigte O'Connor nur ein wenig.
Er ging in sein Zimmer zurück, setzte sich und betrachtete sich die kleine gerahmte Fotografie rechts auf seinem Schreibtisch. Pam und die Kinder, aufgenommen vor einigen Jahren. Liz hatte noch Zahnlücken und Harry das Engelsgesicht eines Kleinkindes. Es wäre übertrieben zu behaupten, daß er nun um die Sicherung ihrer Zukunft kämpfte, aber so etwas Ähnliches empfand er in diesem Augenblick. Und nun hatte möglicherweise sein Versagen einen Schatten des Verdachts auf die Kripo und jene Polizisten in Uniform geworfen, die an den beiden letzten Aktionen teilgenommen hatten. Er wußte, daß es in der Vergangenheit Verräter gegeben hatte und daß auch in Zukunft Beamte die Unterwelt vorwarnen würden, doch er weigerte sich schlichtweg, auch nur an die Möglichkeit zu denken, daß einer »seiner« Männer sich als fauler Apfel entpuppen könnte ...
Er haßte alle Kriminellen, ganz gleich, wie geringfügig ihre Verbrechen auch sein mochten, weil ihre Taten Wellen schlugen, die auch Unschuldigen Schaden zufügten. Die noch unbekannten Rauschgifthändler aber haßte er noch leidenschaftlicher, denn sie waren eine Bedrohung für alle Menschen.

Innerhalb weniger Tage wurden mehrmals Vorfälle gemeldet, bei denen Jugendliche im Zusammenhang mit Drogen mit dem Gesetz in Konflikt gekommen waren.
Fünf Fünfzehnjährige waren in der Toilette der Hugh-Merton-Gesamtschule beim Experimentieren mit Crack erwischt worden.
Der Vorsitzende eines aus Privatmitteln finanzierten Vereins zeigte eine Vierzehnjährige an, die auf den Strich ging, um sich Geld für Drogen zu beschaffen. Sie war erst vor kurzem süchtig geworden.
Zwei Siebzehnjährige spritzten sich verunreinigtes Heroin und kamen nur mit dem Leben davon, weil das Krankenhaus Erfahrung mit solchen Fällen hatte.
Auf einer Party in dem wohlhabenden Vorort Alonsby schnupften Teenager versuchsweise Kokain. Ein Jugendlicher war allergisch gegen die zum Verschneiden benutzte Substanz und starb im Krankenwagen.
Außer diesen jungen Opfern gab es viele andere, ältere, die an den direkten und indirekten Auswirkungen ihrer Süchte litten . . .

Das Telefon der Amtsleitung läutete. O'Connor nahm den Hörer ab.
»Ich bin's, Chef.«
O'Connor erkannte die heisere Stimme sofort. »Verflucht, was war los?« Er stellte sich Wallace vor: rundes Gesicht, nervöser Mund, schlaffer Körper; ein Wesen, das im Schatten herumkroch und das Licht der Sonne scheute.
»Ihretwegen haben mir die Jungs fast den Hals durchgeschnitten. In der Nähe vom Haus war einer der Aufpasser, und da dachten sie, es hätte sie jemand verpfiffen, und wollten wissen, wer's war.«
O'Connor war sehr erleichtert. Es gab also doch keinen Verräter bei der Polizei, nur einen Beamten, der etwas

unvorsichtig gewesen war. »Hatte man Sie im Verdacht?«
»Dann würd' ich jetzt wohl hier nicht quatschen können, oder?«
»Glauben sie immer noch, daß jemand gesungen hat?«
»Sieht nicht so aus.«
Ein für die Polizei günstiger Faktor war die Tatsache, daß Menschen, die in Gefahr schweben, instinktiv jede unangenehme Schlußfolgerung von sich weisen. Die Bande war zu dem Schluß gekommen, daß sich der Beamte nur zufällig in der Nähe des Fairview Crescent aufgehalten hatte. »Und was wird jetzt?« fragte O'Connor.
»Glauben Sie vielleicht, daß ich jetzt etwas sage? Wegen Ihres Vereins bin ich fast abgemurkst worden.«
»Das kommt nicht wieder vor«, besänftigte O'Connor. »Es war bestimmt ein junger Beamter auf seinem ersten Einsatz dieser Art. Ich werde feststellen, wer das war, und dafür sorgen, daß man ihn zurück in den Streifendienst schickt.«
»Ich weiß aber nichts«, erwiderte Wallace.
»Sie wissen allerhand, weil Sie schlau sind.«
»Klar, weil ich schlau bin, weiß ich von nichts. Wenn ich Ihnen jetzt Namen sage, schlagen Sie zu, und dann wissen die anderen, daß jemand gesungen hat. Möglicherweise kommen sie mir sogar gleich auf die Schliche.«
»Wir richten es so ein, daß die nichts ahnen.«
»So? Wie beim letzten Mal?«
»Das darf nicht wieder vorkommen ... Für wahre Informationen könnte ich zwei Hunderter lockermachen.«
Darauf reagierte Wallace nicht sofort, doch O'Connor wartete zuversichtlich und geduldig. Singvögel sangen aus allen möglichen Gründen und oft, wie gerade

jetzt, aus mehreren. Wallace brauchte zwar Geld, war aber auch ein schwacher Mann, der sich gerne wichtig tat.

Endlich sagte er: »Nachdem der letzte Treff in die Hose ging, ist ein neuer angesetzt worden.«

»Wann und wo?«

»Kann ich noch nicht sagen.«

»Müssen Sie aber, wenn Sie die Kohle wollen.«

»Ich melde mich wieder.« Es wurde aufgelegt.

O'Connor trommelte mit den Fingern auf dem Schreibtisch, stand auf und ging ins Zimmer nach nebenan. Der Raum war leer, aber als er sich von der Tür abwandte, sah er Detective Inspector Fawcus am Ende des Korridors um die Ecke kommen und mit langen, athletischen Schritten an einer Sekretärin vorbeimarschieren.

Fawcus ging an O'Connor vorbei und setzte sich an seinen Schreibtisch. Dann erst schaute er auf. »Ich habe mir gerade eine halbe Stunde lang die Klagen prominenter Bürger über die zunehmende Verbrechenslage anhören müssen. Man fragte mich, ob wir überhaupt wüßten, was hier vorgeht. Wenn Sie mir jetzt also nichts Vernünftiges zu melden haben, halten Sie den Mund und verschwinden Sie.«

»Bei der Aktion im Fairview Crescent gab es keine undichte Stelle. Einer unserer Jungs hat nicht aufgepaßt, er wurde von den Verdächtigen entdeckt.«

Detective Inspector Fawcus lehnte sich zurück. »Besser könnte die Nachricht gar nicht sein.« Er hatte anfangs Zweifel angemeldet, weil er sich wenig Illusionen über die Charaktere seiner Mitarbeiter machte. Trotzdem war er auf seine Männer ebenso stolz wie O'Connor.

»Ich werde versuchen, den Schuldigen ausfindig zu machen, und ihm dann die Leviten lesen ... Mein In-

formant vermutet, daß bald ein neuer Treff angesetzt wird.«
»Wann und wo?«
»Das will er vorerst noch nicht sagen. Er hat jetzt Angst, weil die Bande nach einem Verräter zu suchen begonnen hat. Man hatte sich zwar wieder beruhigt, aber er fürchtet, daß es ihm an den Kragen geht, wenn sie noch einmal aufgescheucht würden.«
»Halten Sie ihm Geld unter die Nase – da verflüchtigen sich solche morbiden Gedanken schnell.«
»Ich habe ihm zwei Hunderter für echte Informationen geboten.«
»Zweihundert Pfund!« Fawcus hob die Stimme. »Wo wollen Sie diese Summe auftreiben?«
»Könnten Sie nicht unter Hinweis auf die Beschwerden der Lokalprominenz eine Sonderbewilligung beantragen?«
»Der Antrag müßte mit der Versicherung untermauert sein, daß im Fall eines positiven Bescheids entscheidend wichtige Hinweise erbracht würden, die auf normalem Weg nicht zu erwirken seien. Können Sie mir das garantieren?«
»Ja, aber nur, wenn sie nicht mit Fakten erhärtet werden müssen.«

3

»Ich hab' Lust auf einen Kognak«, sagte Susan vom Sofa aus.
Brent, der sich gerade setzen wollte, schaute sich im Wohnzimmer um. »Die Flasche haben wir gestern abend ausgetrunken.«
»Ich habe heute morgen eine neue gekauft.«

Das ärgerte ihn. Sie hatten vereinbart, daß er die Lebensmittel und Getränke besorgte.
»Gönnst du uns kein kleines Geschenk von mir?«
Er schwieg, weil seine Antwort wahrscheinlich lächerlich geklungen hätte. Wer mit einer reichen Frau lebt, geht immer ein Risiko ein – beklagte er sich innerlich, wenn sie zum Beispiel Dinge kaufte, die er sich nicht leisten konnte, war er engstirnig und schwierig; beschwerte er sich dagegen nicht, demonstrierte er damit seine Bereitschaft, sich von ihr aushalten zu lassen.
Er ging durch die Speisekammer in die große, vorzüglich ausgestattete Küche. In einem Regal stand eine ungeöffnete Flasche Rémy Martin, die er zur Hausbar ins Wohnzimmer trug. Er schenkte zwei Gläser ein und reichte Susan eines.
»Na, hast du mir verziehen?« fragte sie spöttisch. Er setzte sich. »Ich habe ja heute morgen schon angekündigt, daß ich zu meinen Eltern fahren wollte. Nach dem Mittagessen habe ich mich lange mit Chris unterhalten.« Susan nannte ihre Eltern beim Vornamen; eine Angewohnheit, die Brent immer noch merkwürdig fand. »Das Thema warst übrigens du.«
»Und worum ging es genau? Will er mit der Pferdepeitsche auf mich losgehen oder vielleicht, was passender wäre, mit der Hundepeitsche?«
Sie lachte. »Du mit deinen Vorstellungen aus dem 19. Jahrhundert! Auf die Entehrung unverheirateter Töchter steht heute nicht mehr die gesellschaftliche Ächtung. Wie auch immer, Chris ist sehr tolerant. Solange ich glücklich bin, ist er's zufrieden.«
»Und mit welchen Gefühlen betrachtet uns deine Mutter?«
»Da ist die Frage eher, ob sie überhaupt Gefühle hat. Manchmal glaube ich, daß sie nur mit verzögerten

Reflexen funktioniert . . . Chris möchte wissen, was du mit deinem Leben anfangen willst.«

»Ist ihm ein schlichter Polizeibeamter denn nicht gut genug?«

»Du bist viel zu intelligent, um auf ewig in dieser Laufbahn zu bleiben.«

»Ist damit unterstellt, daß bei der Polizei keine Intelligenz verlangt wird?«

»Komm mal von deinem hohen Roß runter. Du brauchst einen anständig bezahlten Job. Chris will dir eine Stelle in einer seiner Firmen geben. Du wirst natürlich ziemlich weit unten anfangen müssen, aber so, wie er dich einschätzt, glaubt er, daß du bald aufsteigen kannst.«

»Auf dem Rücken von besser qualifizierten und erfahreneren Leuten, die nicht mit der Tochter des Chefs befreundet sind?«

»Na und? Nur ein Narr macht sich einen Vorteil nicht zunutze.«

»Und für Ideale bleibt da kein Raum?«

»Ideale reifen mit steigendem Einkommen.«

»Sag mal, glaubst du denn an gar nichts?«

»Ich glaube, daß ein Leben in Wohlstand vergnüglicher ist als eines in Armut. Komm, sei ein Schatz und fülle mein Glas nach.«

Das Telefon klingelte.

»Der Treff ist am Freitag«, sagte Wallace so leise, daß seine heisere Stimme kaum wahrzunehmen war.

»Gut. Wo und wer geht hin?« fragte O'Connor.

»Mehr sage ich erst, wenn ich Money sehe.«

»Wo treffen wir uns?«

»Morgen abend um sechs auf dem Bahnhof Loton Green.«

»Warum so weit vom Schuß?«

»Weil ich nicht enden will wie Lofty.«
»Wer ist Lofty?«
»Und Sie wollen ein Bulle sein!« Es wurde aufgelegt.
O'Connor kratzte einen zwei Tage alten Schnakenstich, der immer noch juckte. Offenbar war einem Mitglied der Dealerbande kürzlich etwas zugestoßen. Von einem Opfer namens Lofty war in der Abteilung G aber nichts bekannt. Er rief die Zentrale der Grafschaftspolizei an und sprach mit dem Verbindungsoffizier vom Dienst.
»Klingt bekannt, Sergeant, aber warum, das kann ich so aus dem Stegreif nicht sagen. Moment, ich sehe mal die Meldungen dieser Woche durch.«
O'Connor wartete.
»Vor sechs Tagen wurde Frank Randall, Spitzname ›Lofty‹, auf einer Baustelle in Newford gefunden. Laut der jüngsten Auskunft des Krankenhauses stehen seine Überlebenschancen fünfzig zu fünfzig.«
»Wurde er brutal zusammengeschlagen?«
»Nein, gründlich abgeschmirgelt. Man traktierte ihn mit einem Schwingschleifer – stellenweise bis auf die Knochen.«
»Mein Gott!«
»Tja, manche Leute haben reizende Angewohnheiten.«
»Weiß man, wer das getan hat?«
»Er behauptet, gegen eine unverputzte Mauer gefallen zu sein.«
»Wie sieht sein Strafregister aus?«
»Die übliche Karriere. Erst einem Blinden die Streichhölzer klauen, dann hilflose alte Frauen berauben. Ein kleiner Fisch.«
»Irgend etwas mit Rauschgift?«
»In seiner Akte steht nichts.«
O'Connor bedankte sich und legte auf. Newford lag vierzig Meilen von Seetonhurst entfernt an der Nord-

küste und hatte schon bessere Zeiten gesehen. Ging man davon aus, daß die schwere Körperverletzung im Zusammenhang mit Drogen verübt worden war, mußte das Motiv ein Territorialdisput gewesen sein. Dann war es wahrscheinlich, daß die neue Bande ihre tödlichen Schwingen sehr rasch und rücksichtslos ausbreitete ...

Am Mittwoch vormittag machte O'Connor Detective Inspector Fawcus Meldung, der zu Hause keine Zeit fürs Frühstück gehabt hatte und sich gerade am Automaten in der Kantine Kaffee holte.
»Ich habe mich gestern abend mit meinem Informanten getroffen, Sir.«
Fawcus starrte in den Pappbecher in seiner rechten Hand, als stelle er Spekulationen über den wahren Ursprung des Getränks an.
»Der Mann mit der Narbe auf der Wange trifft sich am Freitag abend im Saracen's Head in Stonechurch mit jemandem.«
»Und?«
»Das ist alles.«
»Dann muß der Tip so um die fünf Pfund pro Wort gekostet haben.«
»Immerhin wissen wir, wo und wann der Treff stattfindet.«
Fawcus leerte den Becher, knüllte ihn zusammen, pfefferte ihn in Richtung Papierkorb, schoß daneben, was er nicht beachtete, und steckte sich eine Zigarette an.
»Kennen Sie das Saracen's Head?«
»Nein, Sir.«
»Eines der letzten urigen Pubs, das noch nicht neu renoviert und dadurch ruiniert worden ist. Für uns wichtiger aber ist die Tatsache, daß es eine Meile vom Dorf entfernt und auf plattem Land liegt, wo es keine Hek-

ken und kaum Bäume gibt. Ein Überwachungsteam in seiner Nähe wäre so auffällig wie ein ehrlicher Mann im Parlament. Es muß also ein Mann aus unserem Team im Lokal postiert werden, der unsere Leute herbeiruft, wenn die Zeit reif ist.«
»So etwas tue ich nur ungern.«
»Ich weiß. Es wird Ihnen aber nichts anderes übrigbleiben.«

»Das Moor« hieß die Landschaft immer noch, obwohl sie schon vor Jahrhunderten trockengelegt und seitdem bestellt worden war. Hier gab es mehrere kleine Dörfer, erstaunlich viele Kirchen, teils säkularisiert, und einige verstreut liegende Gehöfte.
O'Connor fuhr durch Stonechurch hindurch, das aus einem Dutzend alter Häuser, sechs neuen Gebäuden, einer Gemischtwarenhandlung und einer hölzernen Gemeindehalle bestand. Er fuhr auf einer gewundenen kleinen Straße weiter nach Westen. Detective Inspector Fawcus hatte nicht übertrieben. Die Landschaft war so offen, daß nur Distanz Deckung schaffen konnte. Geparkte Fahrzeuge mußten hier sofort auffallen, und erfahrene Kriminelle wußten instinktiv, ob Polizeibeamte oder schmusende Pärchen darin saßen.
Zur Rechten des *public house* stand eine Eiche, zur Linken eine Ligusterhecke, aber sonst gab es auf eine halbe Meile keinen Sichtschutz. O'Connor parkte. Das Lokal war noch in die traditionellen zwei Bars aufgeteilt. »Public« und »Private«. O'Connor entschied sich für »Public«. Dort gab es Deckenbalken aus Eiche, einen großen offenen Kamin, rußgeschwärzte Wände, zerkratzte Holztische ohne Bierdeckel. Es roch nach Bier und, was eine Illusion sein mußte, nach Sägespänen.
Er bestellte ein kleines Reggie's der Lokalbrauerei Re-

ginald und eine Tüte Kartoffelchips mit Bacon-Geschmack. Er schwatzte mit der Frau hinter dem Tresen, die viel besser gelaunt war, als sie aussah. Auf der Suche nach einem Anhaltspunkt, der der Polizei zum Vorteil gereichte, kam O'Connor zu dem Schluß, daß ein Krimineller aus der Stadt in dieser ländlichen Umgebung auffallen mußte wie ein bunter Hund.

4

»Eines muß man Ihnen lassen«, meinte O'Connor, »diese Rolle paßt zu Ihnen.«

Brent trug ein T-Shirt mit einem eindeutigen Spruch, Jeans und Turnschuhe. An seiner Seite hing ein Walkman. »Ich habe mich heute morgen sogar nicht rasiert, und das ist Diensteifer, der den Rahmen der Pflichterfüllung sprengt. Susan findet, nur Schurken und Stadtindianer hätten einen Stoppelbart.«

»Hört sich so an, als begänne sie, Sie zu durchschauen . . .«

»Haben Sie die Funkverbindung überprüft?«

»Sie kennen mich doch.«

»Deshalb frage ich ja.«

»Signal kommt laut und deutlich rein.«

»Gut, dann setzen Sie sich in Bewegung. Und vergessen Sie nicht – es kann sein, daß Sie den ganzen Abend dort verbringen müssen. Tun Sie also langsam mit dem Alkohol.«

»Wenn Sie mich nuscheln hören, wissen Sie, daß ich bis über die Ohren in der Arbeit stecke.«

O'Connor war etwas ungehalten, weil Brent anscheinend unfähig war, seine Arbeit ernst zu nehmen.

Am Abend stand eine junge Frau hinter der Theke, ein brünetter Lockenkopf mit üppigen Lippen und ebenso üppigen Proportionen. Brent unterhielt sich so angeregt mit ihr, daß ihm der Neuankömmling erst auffiel, als er neben ihm stand und etwas gereizt Gin und Tonic bestellte. Die Brünette unterbrach die Unterhaltung und bediente ihn. Brent wandte den Kopf. Der Mann hatte eine Narbe auf der rechten Wange. Hiermit wußte die Polizei zwar, daß sie es nicht mit einem ausgekochten Bösewicht zu tun hatte, aber dieser Mann sah zu weich und zu schlaff aus, um etwas mit der Drogenszene zu tun haben zu können.
Nachdem der Mann sein Getränk erhalten hatte, ging er mit seinem Glas an einen Ecktisch und setzte sich. Brent beobachtete ihn im Spiegel und stellte fest, daß er wiederholt auf die Uhr sah. Die Brünette kam zu ihm zurück und meinte, es müsse doch ein Riesenspaß sein, einmal nur für einen Tag hinüber nach Frankreich zu fahren. Auch Brent war dieser Ansicht, vermied es aber, dies zu bestätigen, indem er sie zu einer Tour einlud. Nach einer Weile wandte sie sich enttäuscht, aber noch nicht ganz entmutigt einem Stammgast zu.
Zehn Minuten später betrat eine Frau die Bar, schaute sich um, entdeckte den Narbigen, ging zu seinem Tisch und setzte sich. Der Mann trat an die Bar, bestellte einen Whisky mit Soda, kehrte dann wieder zurück. Sie sprachen eine Zeitlang miteinander, dann holte er ein Notizbuch aus der Tasche und begann zu schreiben.
Brent schaute auf die Wanduhr. Inzwischen mußte O'Connor sich fragen, was sich tat, und so nervös sein wie ein schottisches Moorhuhn am ersten Tag der Jagdsaison. Brent ging zur Herrentoilette. Außer ihm war niemand anwesend. Er klappte den Bügel des Walkman-Kopfhörers um, hielt sich eine Muschel ans

Ohr, drückte auf »Play« und sprach in die andere: »George ruft Harry.«
»Verflucht, was tut sich?« herrschte O'Connor zurück.
»Vor zwanzig Minuten kam ein Mann herein – mittleren Alters, mittelgroß, Übergewicht, Narbe an der rechten Wange. Vor zehn Minuten stieß eine Frau zu ihm. Über vierzig, ging früher bestimmt anschaffen.«
»Und was tun sie nun?«
»Sie redet. Er hört zu und macht sich Notizen.«
»Kommen Sie nahe genug heran, um mitzuhören?«
»Ausgeschlossen.«
»Dann behalten Sie sie weiter im Auge und melden sich wieder, sobald sich etwas verändert; wenn zum Beispiel Ware ausgehändigt wird oder wenn die beiden gehen.«
In der Bar bestellte der Mann inzwischen eine zweite Runde, die Frau sah jetzt etwas gereizt, sogar wütend aus. Der Mann zahlte, ging mit den Gläsern an den Tisch und setzte sich. Er griff nach seinem Stift, begann wieder zu schreiben, hielt dann inne, schüttelte den Kopf. Sie trank einen Schluck und redete dann schnell auf ihn ein. Brent fragte sich, ob er sich nicht doch nahe genug heranpirschen konnte, um wenigstens einen Teil des Gesprächs mitzuhören, kehrte aber nach einigem Nachdenken zu seiner ursprünglichen Schlußfolgerung zurück. Die Tische zu beiden Seiten des Paares waren unbesetzt; wenn er sich dort niederließ, mußte er zwangsläufig ihre Aufmerksamkeit erregen. Die Frau war erfahren und mochte ihn womöglich trotz seiner Verkleidung bei näherem Hinsehen als »Bullen« identifizieren. »Hol dir kein Magengeschwür bei dem Versuch, das Unmögliche zu schaffen«, hieß es in der Abteilung. »Überlaß das den Chefs.« Brent bestellte bei der Brünetten noch ein kleines Reggie's.

Eine halbe Stunde später gingen die beiden. Brent wartete ab, bis sich die Haustür hinter ihnen geschlossen hatte, und eilte dann zur Tür der Herrentoilette. Wieder hatte er Glück, denn sie war leer. Er schaltete den Sender ein und öffnete gleichzeitig das kleine Fenster einen Spalt, um hinausschauen zu können. »George ruft Harry.«
»Ich empfange.«
»Es wurde nichts übergeben. Sie sind jetzt draußen und gehen an ihre Fahrzeuge. Sie steuert auf einen blauen Jaguar zu. Der Wagen stößt zurück. Kann jetzt das Kennzeichen sehen.« Er las es ab. »Fährt nun vom Parkplatz und entfernt sich in westlicher Richtung. Der Mann sitzt jetzt in einem grünen Japaner; kann die Marke nicht erkennen. Er versucht zu starten. Na, endlich zündet das Ding, hier das Kennzeichen.« Er nannte die Nummer. »Biegt nach links ab.«
»Wollen Sie sie anhalten?« fragte Detective Inspector Fawcus.
»Und aus welchem Grund, wenn ich fragen darf?« versetzte O'Connor bitter.

Fawcus marschierte mit auf dem Rücken verschränkten Händen von seinem Schreibtisch ans Fenster und starrte hinaus. »Viel scheint dabei ja nicht herausgekommen zu sein.«
»Das läßt sich noch nicht eindeutig beurteilen«, erwiderte O'Connor. Zuvor hatte der Einsatz potentiell sehr vielversprechend ausgesehen, und auch jetzt bestand noch die geringe Chance, daß er sich doch noch als profitabel erwies. Das Vabanquespiel war also den Einsatz von zweihundert Pfund durchaus wert gewesen. Allerdings wußte er, daß die Sache längst nicht einfach war. Die Öffentlichkeit forderte unablässig und auch berechtigt Schutz vor Verbrechen und Krimi-

nellen, doch umfassender Schutz war eine sehr kostspielige Angelegenheit. Politiker hatten die Finanzen in der Hand und wollten nicht für steigende Steuerlasten verantwortlich gemacht werden. So machten sie vage Versprechungen, von denen sie genau wußten, daß sie wegen mangelnder Mittel nicht einzulösen waren. Die Polizei mußte mit den Werkzeugen, die man ihr zur Verfügung stellte, auskommen, ganz gleich, wie unzulänglich sie auch sein mochten, und jeder verfügbare Penny mußte so ausgegeben werden, daß er sichtbare Resultate zeigte. Bislang hatten die an Wallace gezahlten zweihundert Pfund noch keine konkreten Ergebnisse gebracht; wären sie auf mehrere Informationen verteilt worden, mochte ein Verbrechen oder gar mehrere aufgeklärt worden sein. Die Aufklärungsquote sähe besser aus, und die Bürger wären zufriedener . . .
Das Telefon ging. Fawcus kehrte an seinen Schreibtisch zurück, sprach kurz, hielt dann den Hörer hoch. »Für Sie.«
O'Connor lauschte. »Zulassungsstelle. Ich habe die Daten der beiden Fahrzeuge, die Sie uns zu überprüfen baten.«
»Augenblick bitte, ich hole mir etwas zum Schreiben.« Er fischte sein Notizbuch aus der Tasche und nahm sich einen Kugelschreiber vom Schreibtisch.
Fawcus setzte sich und schlug eine Akte auf. Da es ihm manchmal schwerfiel, Verantwortung zu delegieren, lud er sich Berge von Arbeit auf.
Das kurze Gespräch war beendet; O'Connor legte auf. Er wartete, bis Fawcus aufschaute, und sagte dann: »Der Toyota ist auf Ashley Hawsley, wohnhaft Marsham, zugelassen; der Jaguar auf Anthony Markland aus Hanging Cross . . . Angesichts Brents Beschreibung der Dame könnte es die Mühe wert sein, das Strafregister auf die beiden abzuklopfen.«

Fawcus nickte.
O'Connor wählte und bat um eine Sofortauskunft. Ein umfassender Bericht hätte ihn erst nach Tagen erreicht.
»Informieren Sie mich über das Resultat«, meinte Fawcus, als O'Connor den Hörer auflegte.
O'Connor ging zurück in sein Zimmer. Fawcus war kurz angebunden gewesen, hatte ihn aber wohl kaum direkt kritisieren wollen. Ihr Verhältnis war rein dienstlicher Natur, und es gab nur selten Anlaß für überflüssige Worte. Wenn sie einander in Gesellschaft begegneten – auf der Weihnachtsfeier zum Beispiel –, konnten sie nur mit Mühe ein Gespräch in Gang halten.
Zweieinhalb Stunden später rief ein Kollege vom Archiv an. Hawsley war sauber. Markland aber hatte ein langes Strafregister und war zuletzt wegen Rauschgifthandels verurteilt worden.
O'Connor ging ins Nebenzimmer, doch Fawcus war nicht an seinem Platz. So legte er eine Notiz auf den Stapel Akten, der exakt mitten auf dem Tisch lag.

Markland wohnte in einem großen Haus am Rand von Hanging Cross, das in den dreißiger Jahren im Stil des 18. Jahrhunderts erbaut worden war. Entgegen der landläufigen Meinung trug das Dorf seinen Namen nicht, weil hier einmal ein Galgen gestanden hatte; *hanen* war vielmehr das alte mundartliche Wort für ein dreieckiges Feld.
Eine Frau kam an die Tür. Da sie Anfang Zwanzig und teuer gekleidet und geschminkt war, nahmen die Beamten an, es mit Marklands Tochter zu tun zu haben, bis sie ihnen klarmachte, daß sie seine Frau war. O'Connor, der unverbesserliche Moralist, fragte sich, was sie wohl dazu bewogen hatte, einen Mann zu hei-

raten, der doppelt so alt war wie sie selbst. Brent hingegen hätte gerne gewußt, ob sie so gut im Bett war, wie es ihr Aussehen vermuten ließ.
Sie führte sie in einen großen Raum mit Südfenstern, eingerichtet in einem Stil, der Geld alles und gutem Geschmack nichts zu verdanken hatte. Ihr Mann käme sofort herunter, erklärte sie. »Sofort« entpuppte sich als elf Minuten.
Markland war ein massiger Mann, dessen Bauch auf fortgeschrittenes Alter und Völlerei schließen ließ. Er hatte ein grobes, birnenförmiges Gesicht, dessen Normalausdruck griesgrämige Angriffslust signalisierte. Er war ein Typ, der kein Blatt vor den Mund nahm, und begann das Gespräch: »Und was wollen Sie von uns?«
O'Connor nickte; ein Zeichen für Brent, daß er mit der Vernehmung beginnen sollte. Die beiden waren ein gutes Team, weil O'Connor sich ihrer Stärken und Schwächen bewußt war. Er war der bessere Vernehmungsbeamte, wenn eine ruhige, freundliche Art erforderlich war. Brent arbeitete effektiver, wenn ein Schuß Grobheit bessere Ergebnisse versprach.
Brent setzte einen groben Keil auf den großen Klotz. »Wir sind bestimmt nicht hier, um mit Ihnen Süßholz zu raspeln. Wer fuhr gestern abend Ihren Wagen?«
Markland ging über den dicken Teppich und stellte sich vor den Kamin mit der Einfassung aus Marmor. »Von welchem Auto reden Sie?« Sein Hohn unterstellte, daß schlichte Polizisten nicht in Kreisen verkehrten, in denen man zwei Wagen besaß.
»Von dem blauen Jaguar.«
»Und wer behauptet, daß überhaupt jemand mit dem Wagen unterwegs war?«
»Das wäre dann der erste Jaguar, der von allein zum Saracen's Head bei Stonechurch fährt.«

Markland war beunruhigt, geriet aber nicht in Panik.
»Ist da was passiert?«
»Das können Sie uns ja mal sagen.«
»Wie soll ich das wissen?«
»Stellen Sie sich doch nicht dumm.«
»Ich weiß von nichts.«
»Sie wußten also nicht, daß Ihr Fahrzeug überhaupt unterwegs war? Wollen Sie behaupten, daß es gestohlen wurde? Wenn es inzwischen wieder in der Garage steht, nehmen wir es mit und untersuchen es auf Spuren.«
»Kommt gar nicht in Frage!«
»Das werden wir noch sehen. Fangen Sie doch mal an, sich ein bißchen besser zu erinnern.«
»An was?«
»Wer steuerte das Fahrzeug gestern abend?«
»Jemand, den ich kenne.«
»Und wie heißt sie?«
»Von einer Frau hab' ich nichts gesagt.«
»Aber ich rede von einer Frau.«
Nun übernahm O'Connor und sagte in leisem, geduldigem Ton: »Die Dame war wohl eine Bekannte von Ihnen?« Er unterließ es, das Wort »Dame« mit einem ironischen Unterton auszusprechen.
»Nehmen wir mal an, sie ist eine Bekannte. Was dann?«
»Dann möchten wir wissen, wie sie heißt und wo sie wohnt.«
»Warum?«
»Weil wir mit ihr reden möchten.«
»Was hat sie angestellt?«
»Wir werfen ihr nichts vor.«
»War das Auto an einem Unfall beteiligt?«
»Nein.«
»Dann machen Sie, daß Sie verschwinden.«

O'Connor und Brent entschieden, daß aus diesem Mann im Augenblick nichts Nützliches mehr herauszuholen war, und gingen.
Oberflächlich gesehen war der Besuch fruchtlos gewesen. Dennoch ließ sich vielleicht etwas Wichtiges schlußfolgern. Abgesehen von Zeugen eines Verbrechens, die später vor Gericht gebraucht werden, werden Normalbürger nur selten von der Polizei vernommen – es sei denn, sie stehen unter Tatverdacht. Die Folgerung war, daß der Befragte, sofern er unschuldig war, dies beweisen und damit die Polizei zumindest dem Anschein nach unterstützen wollte. Markland aber hatte jede Unterstützung verweigert. Demnach war anzunehmen, er wußte, daß die Frau im Jaguar in kriminelle Aktivitäten verwickelt war ... Er war schon einmal wegen Drogenhandels verurteilt worden. Und einem Informanten zufolge hatte auch Hawsley etwas mit Rauschgift zu tun ...

5

Sie fuhren zu der Einmündung in der Mitte des Dorfes, ließen ein entgegenkommendes Fahrzeug vorbei und bogen nach rechts ab, passierten eine Gemischtwarenhandlung, einen Wohnwagenhändler, eine Metzgerei und zwei kleine Wohnsiedlungen links und rechts der Straße. Die Einwohnerzahl von Marsham hatte sich in den letzten dreißig Jahren mehr als verdoppelt, doch die hohen Grundstückspreise sorgten dafür, daß die meisten Neubürger ehemalige Städter waren, die zur Arbeit und zum Einkaufen nach Seetonhurst oder London fuhren und die Gewohnheiten einer Schlafstadtmentalität eingeschleppt hatten.

O'Connor, ein vorsichtiger und rücksichtsvoller Fahrer, bremste ab, als sie eine unbeschilderte Gabelung erreichten. »Und wohin jetzt?«

»Egal«, erwiderte Brent. »Wenn links falsch ist, muß rechts richtig sein.«

Die einspurige Straße schlängelte sich nun in leichten Kurven in baumbestandene Senken und hinauf auf Höhenrücken, von denen aus sich ein weiter Blick über die Landschaft bis hinüber zum Moor bot.

O'Connor fluchte, weil er glaubte, die falsche Abzweigung genommen zu haben, und als er endlich schwieg, fanden sie das Haus. Sie bogen in die gekieste Einfahrt ein und hielten vor einem zu einer Garage umgebauten Nebengebäude. Ein Torflügel stand offen, und sie sahen einen grünen BMW und einen dunkelgrünen Toyota.

»Da sieht man mal wieder, wie die andere Hälfte lebt«, merkte Brent an. »Dieser 3er BMW soll ja ein heißer Ofen sein. Mit dem würde ich gern mal loszischen.«

Sie stiegen aus und gingen an einem zweiten Nebengebäude vorbei zu einem schmalen Durchgang in einer Dornenhecke, durch den man den gepflegten Garten betrat. Das Haus war typisch für die Gegend und hatte ein langes, steiles Satteldach.

O'Connor drückte auf den neben der Haustür ins Mauerwerk eingelassenen Klingelknopf und drehte sich dann um. Hinter dem Garten fiel das Land ab; man sah das Moor und, wie O'Connor vermutete, an einem klaren Tag wohl auch das Meer. Ein altes Haus in solcher Lage war schon immer sein unerreichbarer Wunschtraum gewesen; unerreichbar, weil er nicht romantisch genug war, um sich einbilden zu können, daß er jemals genug Geld für so etwas haben würde.

Eine hochgewachsene, hagere Frau undefinierbaren Alters kam an die Tür. Ihr Haar war ordentlich, aber einfallslos frisiert und paßte somit zu ihrem Kleid. Ihr Gesicht war lang und wirkte durch die hohen Wangenknochen noch länger. Sie hatte hellblaue Augen und schielte ein wenig. Ihr Mund war gerade und schmallippig. Alles an ihr drückte Kälte aus. Sie sprach scharf und etwas schrill. »Ja, bitte?«

»Mrs. Hawsley? Ich bin Detective Sergeant O'Connor, und dies ist mein Kollege, Detective Constable Brent. Es tut mir leid, Sie an einem Sonntagmorgen stören zu müssen. Sie sind bestimmt gerade mit dem Mittagsbraten beschäftigt.« Er hatte gehofft, eine freundliche Atmosphäre hervorzaubern zu können, doch weit gefehlt.

»Was wollen Sie?«

»Wir hätten gern einmal mit Ihrem Mann gesprochen, falls er zu Hause ist.«

Sie zögerte und antwortete gereizt: »Dann kommen Sie wohl besser herein.«

Wegen des langen, steilen Dachs hatte die Halle die ungefähre Form eines Dreiecks. Rechts führte eine Treppe nach oben, daneben befanden sich Küche und Eßzimmer. Links war ein kurzer Gang mit drei Türen.

Sie zog unter dem Deckensturz der Wohnzimmertür den Kopf ein, machte sich aber nicht die Mühe, die Besucher zu warnen. Der Raum war quadratisch und hatte eine Balkendecke und eine Fachwerkwand. In einer Ecke gab es einen großen Kamin mit einer Abzugshaube aus Kupfer. Auf dem Schutzgitter vor dem Kamin stand die Jahreszahl 1636.

»Wenn ich ein Haus wie dieses betrete, komme ich mir immer vor wie ein Zeitreisender«, meinte O'Connor begeistert.

»Tatsächlich?« Sie hatte kein Interesse an seinen etwas verstiegenen Vergleichen. »Ich will sehen, ob mein Mann einen Augenblick Zeit für Sie hat.« Sie entfernte sich.

O'Connor und Brent setzten sich. Der Raum war fast einschüchternd sauber und ordentlich; man hatte Angst, versehentlich etwas umzustoßen oder womöglich Schmutz mit den Schuhen hereingetragen zu haben.

Da das Haus alt war, gab es keine Decke; nur die auf Balken liegenden Dielen des ersten Stocks trennten die Geschosse. Trotz des Teppichbodens konnten sie von oben Gemurmel hören. Sie verstanden zwar nicht, was gesagt wurde, aber aus dem Ton ging hervor, daß er nicht tun wollte, was sie von ihm verlangte.

Nach ein paar Minuten wurde es still. Alte Dielen knarrten, und dann hörten sie das Paar die Treppe herunterkommen. Als Hawsley gefolgt von seiner Frau das Wohnzimmer betrat, standen die beiden Beamten auf.

»Sie wollen mich sprechen?« fragte Hawsley.

»Richtig«, erwiderte O'Connor. Menschen wurden oft grundlos nervös, wenn sie es mit der Polizei zu tun bekamen. Hawsley, fand O'Connor, war nicht nur nervös, er schien richtig Angst zu haben.

»Ich verstehe nicht . . .«

Seine Frau unterbrach ihn. »Worum geht es eigentlich genau?« Sie ging zum Sofa. Nach kurzem Zögern setzte sich ihr Mann neben sie.

O'Connor nahm Platz. »Wir haben eine Frage, die Mr. Hawsley hoffentlich beantworten kann.«

»Höchst unwahrscheinlich. Unsereiner hat mit kriminellen Dingen nichts zu tun.«

»Das kann den ehrlichsten Leuten passieren, Mrs. Hawsley. Man kann zum Beispiel Zeuge eines Unfalls werden, bei dem einer der Fahrer unter Alkoholeinfluß stand.«

»Wollen Sie damit sagen, daß mein Mann Zeuge eines solchen Unfalls war?«

»Nein, das war nur ein Beispiel, um . . .«
»Darf ich Sie dann bitten, zur Sache zu kommen und uns nicht weiter die Zeit zu stehlen?«
»Gut, wie Sie wollen.« O'Connor blieb recht freundlich, ohne unterwürfig zu klingen. »Wir möchten gerne wissen, wer die Dame war, die sich gestern abend im Saracen's Head in Stonechurch aufhielt.«
»Und deshalb sind Sie hierhergekommen? Sinnlos!«
»Ihr Mann sollte uns ihren Namen sagen können.«
»Warum?«
O'Connor sagte zu Hawsley: »Sie waren gestern abend im Saracen's Head. Wer war die Dame, mit der Sie sich trafen?«
»Ich weiß nicht, wovon Sie reden«, versetzte Hawsley laut.
»Wer ist diese Frau?« fragte jetzt Mrs. Hawsley.
»Sehen Sie, das möchten wir auch gern wissen«, meinte O'Connor.
»Ich habe mich offenbar nicht deutlich genug ausgedrückt. Warum wollen Sie ihren Namen denn wissen? Hat sie etwas verbrochen?«
»Mit Sicherheit können wir das nicht sagen.«
»Glauben Sie ernsthaft, mein Mann und ich würden uns in kriminellen Kreisen bewegen?«
»Denkbar wäre schon – vielleicht ist Ihnen ja nicht bewußt, mit wem Sie es zu tun haben.«
Das ärgerte Mrs. Hawsley. Die ihrer Ansicht nach unverschämte Antwort war jedoch so harmlos formuliert, daß sie keinen Einwand erheben konnte.
O'Connor meinte: »Mr. Hawsley, was können Sie uns über die Dame sagen, mit der Sie sich gestern abend trafen?«
»Ich habe mich mit niemandem getroffen.«
»Sie bestreiten also, daß Sie gestern abend im Saracen's Head waren?«

»Selbstverständlich. Was für eine lächerliche Idee.«
»Nicht ganz«, warf Brent ein. »Ich saß auf einem Barhocker an der Theke, als Sie Getränke bestellten. Merkwürdig, daß Sie sich nicht an mich erinnern. Nun, vielleicht hatten Sie andere Dinge im Kopf.«
Ein Ausdruck der Panik in Hawsleys Gesicht kennzeichnete den Augenblick, in dem sein Gedächtnis wieder zu funktionieren schien.
»Sie trafen um neunzehn Uhr achtundfünfzig ein, bestellten sich einen Gin mit Tonic und setzten sich an einen Ecktisch. Um zwanzig Uhr acht kam eine Frau und setzte sich neben Sie. Sie bestellten ihr einen Whisky und später dann eine zweite Runde. Sie verließen das Lokal zusammen. Diese Dame fuhr in einem blauen Jaguar weg und Sie in Ihrem grünen Toyota.«
»Stimmt nicht.«
Mrs. Hawsley warf ein: »Sie müssen sich irren.«
»Ich habe mir die Kennzeichen aufgeschrieben.«
»Ersparen wir uns die Diskussion«, meinte sie.
»Die Kennzeichen stehen in meinem Notizbuch.«
»Sie müssen sich verschrieben haben.«
»Ich kann Ihren Mann als die Person identifizieren, die ich in der Bar sah.«
»Können Sie nicht. Er verbrachte den ganzen Abend hier in diesem Haus. Wenn Sie weiterhin das Gegenteil behaupten, sind Sie entweder völlig unfähig oder Sie lügen ganz einfach.«
»Die Barfrau und andere Gäste werden Ihren Mann ebenfalls identifizieren können«, sagte Brent. »Wenn Sie meinen, so einfach aus der Sache –«
O'Connor unterbrach. »Warum streiten Sie die Wahrheit ab, Mrs. Hawsley, wo es doch überhaupt keinen Grund dafür gibt? Ihr Mann könnte uns und Ihnen viel Ärger ersparen. Zudem wäre es doch peinlich für Sie beide, wenn dieser Besuch publik würde. Solange wir

von Ihrer Unschuld ausgehen, das kann ich Ihnen versichern, werde ich dafür sorgen, daß nichts an die Öffentlichkeit kommt.«
»Diese Andeutung ist empörend«, versetzte sie eisig.
O'Connor zögerte, runzelte die Stirn und stand dann auf. »Bedauerlich, daß Sie uns nicht helfen wollen.«
Die beiden empfahlen sich und warfen einen letzten Blick auf den sehr verängstigten Hawsley. Auf dem Weg zur Einfahrt fluchte Brent, und als sie ihr Auto erreicht hatten, stützte er sich mit den Ellbogen aufs Dach und schaute O'Connor an. »Warum haben Sie es diesem Biest so einfach gemacht?«
»Welche Alternative hatte ich denn?«
»Den Beweis, daß die beiden lügen, daß sich die Balken biegen. Immerhin habe ich den Kerl im Pub vor mir gesehen.«
»Sie behauptet aber, ihr Mann habe den ganzen Abend zu Hause verbracht.«
»Wenn meine Aussage allein nicht genügt, wäre da außerdem noch die Barfrau . . .«
»Mrs. Hawsley würde Sie zweifellos an die Tatsache erinnern, daß Augenzeugenberichte notorisch ungenau sind. Beruhigen Sie sich und sehen Sie die Dinge so, wie sie sind, und nicht, wie Sie es sich wünschen. Wir bewegen uns auf dünnem Eis. Dank ihrer sozialen Stellung wirken die beiden von vorn herein ehrenhaft, und die Frau wird jeder Jury direkt in die Augen schauen. Ehe man Leute dieses Schlags konfrontiert, braucht man handfeste Beweise, und die fehlen uns.«
»In Wirklichkeit sagen Sie also, daß wir sie mit Samthandschuhen anfassen müssen, weil sie mit einem feinen Akzent spricht.«
O'Connor lächelte. »Was reden Sie doch manchmal für einen Quatsch daher, Jim. Wenn Sie mich nicht besser kennen, ist mit Ihrem Verstand etwas nicht in Ord-

nung.« Er stieg ein, wartete, bis Brent neben ihm saß, ließ den Motor an, stieß zurück.

Als sie in die Straße einbogen, sagte Brent: »Die läßt ja Alkohol zu Eis gefrieren!« Es fiel Brent immer schwer, sich zu entschuldigen, und Abbitte leistete er nun auf diese sehr indirekte Weise.

»Allerdings. Ich kann mir auch vorstellen, daß sie auch mindestens ein Teil von ihm vereist hat.«

»Haben Sie ihr Gesicht gesehen, als Sie andeuteten, er könne das Pub besucht haben, um möglicherweise etwas aufzureißen?«

»Das ist eine der Möglichkeiten, die wir nicht ausschließen dürfen.«

»Aber bitte, Ihr Informant hat ihn doch verpfiffen.«

»Er kann sich geirrt haben.«

»Unsinn! Wer steigt so einer alten Schlampe nach?«

»Es gibt Männer, die abgenutzte Partnerinnen bevorzugen; das verstärkt ihr Gefühl der Selbsterniedrigung.«

»Jetzt aber mal halblang, Sigmund Freud.«

6

»Es ist Sonntag, der Tag der Ruhe«, beschwerte sich Brent.

»Machen Sie meinetwegen fünf Minuten länger Mittagspause«, versetzte O'Connor und fuhr auf den Parkplatz der Wache. »Und wenn Sie fertig sind, sehen Sie einmal nach, ob es in den Fotoalben etwas zu holen gibt.« Er sah eine Lücke am anderen Ende des Parkplatzes und hielt auf sie zu. »Wenn Sie in den Alben nichts finden, lassen Sie sich vom Archiv ein Computerbild erstellen und senden es an alle Abteilungen.« O'Con-

nor parkte ein und drehte den Zündschlüssel um. »Lassen Sie sich vom Archiv außerdem Marklands komplette Akte kommen, und kämmen Sie sie nach einem Hinweis durch, der uns zu dieser Frau führen könnte. Finden Sie über Ihre Kontakte heraus, wer im Augenblick für Markland arbeitet . . .«
»Wäre es nicht einfacher, Hawsley ein bißchen unter Druck zu setzen? Er muß doch wissen, wie hoffnungslos seine Lage ist.«
»Erwarten Sie, daß seine Frau uns tatenlos zusieht?«
»Sicher, sie wird Schwierigkeiten machen, aber . . .«
»Das ist kein Fall für Hauruckmaßnahmen. Irgend etwas an ihm gefällt mir nicht, und bis wir mehr wissen, sollten wir sehr behutsam vorgehen . . . Hawsley ist ein Waschlappen. Wie kommt er also ins Drogengeschäft, wo buchstäblich mit Halsabschneidermethoden gearbeitet wird?«
Sie stiegen aus. »Was wissen wir über ihn?«
»Über Hawsley? Nichts. Aus diesem Grund habe ich Sie auf ihn angesetzt.«
»Soll ich etwa in meiner Freizeit schnüffeln?«
O'Connor grinste und ging voran ins Gebäude. Sie fuhren mit dem Aufzug in den fünften Stock, wo sie sich trennten und sich in ihre Zimmer zurückzogen. O'Connor setzte sich an seinen Schreibtisch und begann die Posteingänge zu lesen, darunter auch die wöchentlichen und monatlichen Verbrechensstatistiken. Die Anzahl der Rauschgifttaten stieg weiter mit bedenklicher Geschwindigkeit. Der Gedanke an die Opfer – auch jene, die aus eigener Dummheit oder Willensschwäche zu solchen geworden waren – fachte seinen Zorn auf jene, die diese Menschen auf diese verhängnisvolle Bahn gesteuert hatten, aufs neue an.

Brent parkte vor der offenen Garage, in der Susans

Porsche stand. Er stieg aus dem Escort, sperrte ihn ab, schloß dann die Garagentür und drehte ebenfalls den Schlüssel im Schloß. Er hatte Susan schon oft gesagt, daß selbst in einer scheinbar sicheren Gegend immer jemand herumschlich, der bereit war, ein leicht verkäufliches Fahrzeug zu klauen, doch sie ließ nach wie vor die Garage offen und gelegentlich sogar den Schlüssel im Zündschloß des Wagens stecken. Erstaunlich, wie achtlos die Reichen mit ihrem wertvollsten Besitz umgingen.

Sie kam barfuß aus dem Wohnzimmer und trug ein Herrenhemd über ihren Jeans. Zur Zeit kleidete sie sich lässig, aber in ein paar Tagen war damit zu rechnen, daß sie ihn in einem Fummel von Cardin begrüßte – oder was sonst gerade der letzte Schrei war. »Tut mir leid, daß ich so spät dran bin«, meinte er, »aber die Arbeitslast hat sich verdoppelt.«

»Und du mußtest natürlich deine Männlichkeit beweisen und übernahmst freiwillig die zusätzlichen Aufgaben?«

»Bei uns gibt es keine Freiwilligen. Man bekommt einen Job zugeteilt, und damit hat sich's.«

»Und zeigen alle anderen auch deinen vorauseilenden Gehorsam?«

Menschenskind, dachte er, wenn ich sie nicht in bessere Laune bringe, wird das ein kniffliger Abend. Zuerst aber brauchte er moralische Unterstützung. Er ging in die Speisekammer und machte sich einen steifen Gin und Tonic.

Sie war ins Wohnzimmer zurückgekehrt und hatte sich auf der Couch ausgestreckt, auf der Zeitschriften verstreut lagen. Auf einem Beistelltisch standen ein fast leeres Glas und ein Aschenbecher mit mehreren Kippen und einer qualmenden Zigarette. Der Fernseher lief, aber sie hatte ihn offenbar nicht beachtet, denn

gezeigt wurden die entsetzlichen Lebensbedingungen der Armen in Brasilien, und das Schicksal der Armen interessierte sie nicht.
»Hast du etwas zu Abend gegessen?« fragte er.
»Natürlich nicht. Da du immer eine warme Mahlzeit verlangst, mußte ich warten.«
»Heute brauchst du nicht zu kochen; ich bin auch mit einem Käsebrot zufrieden.« Er hob sein Glas. »Cheers.«
»Mann! Wie oft muß ich dir noch einbleuen, daß das nur Proleten sagen?«
»Ich bin eben einer. Ich kaue mit offenem Mund und schiebe die Erbsen mit dem Messer auf die Gabel – mit knapper Mühe. Samstag sauf ich mir einen an und verhaue anschließend meine Olle . . .«
»Und was tun die Proletinnen, wenn sie samstags verhauen werden?«
»Sie kreischen.«
»Vor Schmerz, vor Lust oder vor Lust am Schmerz?«
»Du bist echt pervers.«
»Deshalb hab' ich auch soviel Spaß. Bloß am Samstagabend nicht, weil ich da keinen habe, mit dem ich pervers sein kann.« Sie griff nach ihrem Glas, leerte es und hielt es ihm hin. »Laphroaig mit einem Drittel Wasser.«
»Die Flasche findest du, wo du sie zuletzt stehen gelassen hast. Und Wasser gibt's in der Leitung.«
»Du edler Ritter!«
»Du keusche Maid!«
Sie lachte und sah nun jünger, lieber und, sollte das möglich sein, noch begehrenswerter aus. »Was würdest du mit einer keuschen Maid anfangen?«
»Was willst du mit einem edlen Ritter?«
»Ihn verderben . . . so wie dich. Komm mal rüber . . .«
»Ich dachte, du wolltest noch einen Whisky?«

»Da du nicht den Anstand hast, mir einen zu holen, muß ich mit dem Zweitbesten vorliebnehmen.«
Er trank sein Glas aus. »Ich habe aber andere Prioritäten und bin noch durstig.« Er nahm ihr Glas vom Beistelltisch und ging hinaus, fragte sich dabei, was der Ausdruck in ihrem Gesicht bedeutete – neuer Zorn oder Erheiterung?
Er schenkte ihr eine kräftige Portion Whisky ein. Alkohol milderte ihre Launen, verstärkte sie nie. Und wenn sie entspannt war, bot sie ihm alles, was er sich von einer Frau je gewünscht hatte. Schade nur, daß sie in einem so wohlhabenden Elternhaus aufgewachsen war, das ihr jeden Wunsch erfüllt hatte. Hätte sie ab und zu einmal etwas entbehren müssen, wäre sie jetzt zufriedener mit ihrem Leben.

Am Montag früh schlug das Wetter um. Der Wind war umgesprungen und aufgefrischt, es war stark bewölkt, und die Temperatur war um mehrere Grad gefallen.
In der Gemischtwarenhandlung in Marsham gab es eine kleine Außenstelle des Postamts. Vor zehn Jahren war der Schalter mit Panzerglas gesichert und mit einem Alarmknopf ausgerüstet worden, aber ansonsten hatte sich seit Menschengedenken nichts geändert. Miss Hill saß hinter dem Schalter, gekleidet im Stil der Vierziger mit zuviel Make-up und einem auffälligen Haarteil und verteilte immer höflich Briefmarken, Formulare, nicht immer korrekte Informationen und Klatsch.
Sie rieb sich die Spitze einer kleinen Warze an ihrer Nase. »Nein, ich glaube nicht, daß Mr. Hawsley von der Cockscomb Farm beim Militär war.«
Brent meinte, er höre das mit Bedauern; in diesem Fall war Mr. Hawsley nicht der Mann, den er suchte.
»Sonst wohnt niemand, der so heißt, in der Gegend, da

bin ich sicher ... Mr. Heron war natürlich im Krieg, aber der ist schon lange pensioniert. Wurde schwer am Bein verwundet, und nun hinkt er nur ein wenig. Seine Frau kränkelt immer, aber der Doktor weiß nicht genau, was ihr fehlt ...«

Nach einer Weile brachte Brent das Thema zurück auf einen Hawsley, der nicht beim Militär gewesen war, aber in der Gegend wohnte.

»Er arbeitet bei einer Firma in Seetonhurst, die Weine und Spirituosen einführt – aus Spanien, wie es heißt, aber genau weiß ich das natürlich nicht. Ehe sie hierherzogen, hatte er eine Stellung in London.«

Brent fragte, ob die Hawsleys Kinder hatten.

»Nein, soviel ich weiß, haben sie keine. Ist ja auch kein Wunder, sie ist kein mütterlicher Typ, wenn Sie wissen, was ich meine.«

Brent beging den Fehler, ihr mit zuviel Nachdruck zuzustimmen, obwohl er Mrs. Hawsley angeblich überhaupt nicht kannte.

»In meiner Jugend lebte ich auf der anderen Seite der Grafschaft, und im Herrenhaus wohnte eine Frau, an die Mrs. Hawsley mich erinnert. Ein großes Organisationstalent. Sie war Vorsitzende des Frauenhilfswerks und hatte einen wichtigen Posten beim Roten Kreuz. Und da das Gut die Pfründe zahlte, behielt sie den Pastor im Auge und sorgte dafür, daß er ihre Anweisungen immer befolgte. Tja, das waren andere Zeiten. Ich weiß noch ...«

Brent ließ sie noch eine Weile in ihren Erinnerungen schwelgen, bedankte und verabschiedete sich dann. Draußen setzte er sich ans Steuer seines Escort, ließ den Motor aber nicht sofort an. Miss Hill beschrieb Mrs. Hawley genauso, wie er sie vor ein paar Tagen kennengelernt hatte: Als eine beeindruckende Frau mit viel natürlicher Autorität. Sie mußte doch verhindert haben, daß ihr Mann einer abgetakelten Person hinterherlief? Doch letztlich bestätigte dies seine Theorie, daß nämlich Hawsleys Beziehung zu der Frau im Pub nicht sexueller Natur war. Die Basis dieser Schlußfolgerung mußte aber auch für andere relevante Aspekte gelten. Mit anderen Worten, sie würde niemals zulassen, daß sich ihr Mann in Drogengeschäfte verwickeln ließ. Daraus folgerte der Schluß, daß sie nicht wußte, was er tat. Andererseits war sie aber doch eine Frau, die genau wußte, was ihr Mann trieb ... O'Connor hatte den Fall komisch genannt. Komisch war auf jeden Fall Mrs. Hawsleys Charakter.

Von ihrer Mutter hatte Caroline Hawsley die verwirrende Fähigkeit geerbt, etwas zu wissen, es aber gleichzeitig nicht wahrzunehmen.
Carolines Mutter, nicht bereit, sich den Realitäten des Lebens zu stellen, in dem Wünsche oft unerfüllt blieben und Katastrophen eine Begleiterscheinung der Existenz waren, hatte sich häufig in eine Phantasiewelt zurückgezogen. Ein de Ralais hatte unter Wilhelm dem Eroberer gekämpft, aber sie stand mit ihrer Erkenntnis, daß sich de Ralais zu Derales abgeschliffen hatte, ganz allein. Die Familie Derales war tatsächlich Mitte des 19. Jahrhunderts zu einigem Wohlstand gekommen, hatte aber nie, wie Carolines Mutter behauptete, riesige Ländereien in Derbyshire besessen. Es entsprach auch nicht den Tatsachen, daß Lord Uttoxeter um ihre Hand angehalten und ihr seine Liebe, seine weltlichen Güter und sein Leben vor die Füße gelegt hatte – nur, um letzteres im Krieg zu verlieren und sie somit um die beiden ersten zu bringen. Mit fünfundzwanzig hatte sie einen fleißigen Ingenieur geheiratet, der viel zu nüchtern gewesen war, um sie mit jener ritterlichen und romantischen Liebe zu umschwärmen,

die, wie sie glaubte, der Kern jeder Ehe zu sein hatte. Enttäuschung und Widerwillen – er verlangte allnächtliche Liebe – trieben sie noch tiefer in ihre Phantasien. Ihr Mann, der sie nicht verstehen konnte, wandte sich verwirrt einer irischen Witwe zu, die schon so viel erlebt hatte, daß sie nicht zu phantasieren brauchte. Noch Jahre, nachdem er sie verlassen hatte, behauptete seine Frau, er sei auf Entdeckungsreise in Südamerika und suche nach einer versunkenen Stadt, deren Goldreichtum größer war, als selbst sie sich erträumen konnte.
Caroline, die oft in die seltsame Welt ihrer Mutter hineingezogen wurde, konnte erst als Heranwachsende immer zwischen Schein und Wirklichkeit unterscheiden, hatte es aber gelernt, Vergnügen an diesen Fluchten aus der manchmal unangenehmen Realität zu finden.
Eine Schönheit war sie nie. Ihre Gesichtszüge waren zu scharf, ihr Gesicht zu lang, ihr Mund zu schmal. Auf Männer wirkte sie wenig anziehend, aber sie kam ohnehin nur schwer mit ihnen zurecht, denn ihre Mutter hatte sie gelehrt, daß Liebe die mystische Vereinigung zweier Seelen sei und nicht der Kontakt zweier Körper. Anders als ihre Mutter dachte sie gelegentlich an Flucht, schaffte es aber nicht. Mit dreiunddreißig Jahren war sie von der Hochzeit ihrer letzten guten Freundin zurückgekehrt und hatte sich vor die Frisierkommode gesetzt und im Spiegel betrachtet. Was sie sah, war keine Maid gewesen, die auf den Ruf der Liebe wartete, sondern eine altjüngferliche Frau, deren Verfallsdatum bereits überschritten war. An diesem Tag hatte sie sich damit abgefunden, daß sie, wollte sie überhaupt heiraten, nicht länger auf einen Prinzen warten durfte, sondern sich mit einem normalen Mann zufriedengeben mußte.
Hawsleys Vater hatte sein ganzes Berufsleben als An-

gestellter bei ein und derselben Firma verbracht; seine Mutter hatte zwanzig Jahre lang halbtags bei einem Immobilienmakler gearbeitet. Stille, ehrliche, nicht sehr ehrgeizige Leute waren sie gewesen, deren Geld nie ganz für alle Bedürfnisse der Familie gereicht hatte, aber es war ihnen doch so gutgegangen, daß ihre Kinder nie eine kräftige Mahlzeit, warme Kleider und jene Sachen, die man haben muß, um bei Gleichaltrigen angesehen zu sein, entbehren mußten.

Seine Geschwister hatten ebenfalls keinen großen Ehrgeiz gezeigt und nur nach einem Leben gestrebt, wie es ihren Eltern so offensichtlich Zufriedenheit gebracht hatte. Er war aber ganz anders gewesen und entschlossen, es zu etwas zu bringen.

Hawsley, von Natur aus intelligent, hatte in der Schule fleißig gelernt und sich einen Platz an einer Provinzuniversität verdient, von der er mit einem guten Grad abging. Weil damals der Beruf Buchhalter als aussichtsreich und lukrativ galt, war er Buchhalter geworden, und zwar, wie sich bald herausstellte, ein fähiger. Er konnte Bilanzen verkehrt herum und rückwärts lesen und entdeckte auch die kleinste Lücke im Gesetz. Wäre er so aufrecht gewesen wie sein Vater, hätte er es weit gebracht, aber seine Moralvorstellungen waren gelinde gesagt elastisch. Zahlte Ehrlichkeit sich aus, war ihm das recht; brachte Unehrlichkeit Gewinn, störte ihn das auch nicht. Im Leben ging es darum, reich zu werden, und nicht, sich als Saubermann zu gebärden. Schon wenige Wochen nach seinem Eintritt bei der Firma Astey stieß er auf eine bombensichere Methode, sich zu bereichern . . .

Erfolg mußte demonstriert werden. Er mietete eine Wohnung in der feinen Carburrey Terrace, fuhr einen Jaguar mit Sonderausstattung und ließ sich seine Anzüge in der Savile Row schneidern; er speiste in den teuersten Restaurants und überwand mit fetten Trinkgeldern die Abneigung der Kellner gegen Neureiche, die meistens die besten Tische im Restaurant verlangten. Er ging auf Wohltätigkeitsbälle und spendete dort großzügig und demonstrativ; er kannte auch eine Reihe einflußreicher Leute, die sich gelegentlich an ihn erinnerten. Seine Mutter, inzwischen Witwe, und seine Geschwister besuchte er nie.

Er ging eine Reihe von Beziehungen zu Frauen ein, von denen manche ihn recht gerne geheiratet hätten, aber keine hatte ihm geben können, was ihm noch fehlte – Zugang zu besseren Kreisen. Dann lernte er Caroline Derales kennen. Sie stammte aus einer Familie, deren Stammbaum bis zur normannischen Eroberung zurückreichte, die unter Königin Viktoria riesige Ländereien besessen hatte und eindeutig zur Elite gehörte. Gewiß, eine Schönheit war sie nicht, doch hübsche Mädchen konnte man auch anderswo finden.

Ihre Ehe war nicht besonders glücklich, da aber beide einen guten Grund gehabt hatten, sie einzugehen, fanden sie, daß ihre sogenannte Zweckgemeinschaft auch ihre Vorteile hatte. Das galt besonders für Caroline, die sich nun ihren Phantasien hingeben konnte, wann immer ihr der Sinn danach stand. Das tat sie auch, als die Firma Astey ihn entließ – doch der Peinlichkeit wegen nicht anzeigte, weil seine Manipulationen nicht so gut getarnt waren, wie er zunächst geglaubt hatte.

Er dachte, Caroline einigermaßen gut zu kennen, ihre Reaktion auf seine Entlassung zeigte ihm jedoch, daß ihre Psyche Seiten hatte, die ihm wohl immer ein Rätsel bleiben würden. Anstatt auf die bewiesene Untreue schockiert und entsetzt zu reagieren und sich vor einer finanziell ungesicherten Zukunft zu fürchten, war sie nur überrascht gewesen, ohne sich nach dem Grund für die plötzliche Kündigung zu erkundigen. Gelassen und zuversichtlich hatte sie nur erklärt, er werde sicher sehr bald eine neue und bessere Stelle finden. Besser als der Posten eines Finanzberaters bei einem der erfolgreichsten Unternehmen in der Londoner City?

Unglaublicherweise hatte er einen neuen und besseren Job gefunden, man war an ihn herangetreten. Ein Direktor der Seetonhurst Wine Company teilte ihm mit, die Firma expandiere rasch, und man suche – möglichst sofort – einen Finanzdirektor. Zum Einstellungsgespräch war er mit dem festen Vorsatz erschienen, den wahren Grund für seinen Weggang von Astey zu vertuschen, er sollte aber recht bald erfahren, daß gerade seine Entlassung für diese neue Chance ausschlaggebend gewesen war. Man hatte ihm ein Gehalt geboten, das seinem bisherigen entsprach, und es war ihm schwergefallen, seine angenehme Überraschung über diese großzügige Geste einer kleinen Firma auf dem Land zu verbergen. Anfangs wurden ihm ganz normale Aufgaben übertragen. Dann, als er sich eingearbeitet hatte und alles glatt lief, wies man ihn an, eine Überweisung auszuführen, diese jedoch nicht in den Büchern erscheinen zu lassen – als Anreiz hierfür bot man ihm einen Bonus. Da die Anweisung von der Geschäftsleitung kam und der Bonus beträchtlich war, hatte er nicht gezögert. Dies führte zu weiteren ungewöhnlichen Transaktionen und höheren Boni. Es konnte nur ein Narr nicht gemerkt haben, daß die Firma nicht nur mit Weinen und Spirituosen handelte. Sie importierte harte Drogen aus Spanien. Er hatte zwar im Grunde nichts gegen illegale Aktivitäten einzuwenden, den Rauschgifthandel bisher jedoch immer mißbilligt. Wenn man ihn angewiesen hätte, sich persönlich mit Drogen zu befassen oder ihren Vertrieb zu organisieren, mochten Angst und Gewissensbisse ihn dazu bewogen haben, sich zu weigern und seinen gutbezahlten Job bei der Firma wieder aufzugeben. Aber man ließ ihn nur immer wieder alle Zahlen prüfen, um sicherzustellen, daß niemand die Geschäftsleitung betrog, und man ließ ihn letztlich auch die Geldwäsche arrangieren: Das waren, wie er sich einredete, die Aufgaben eines Buchhalters. Eine zufriedenstellende Schlußfolgerung, die bedeutete, daß er an seinem Lebensstandard keine Abstriche zu machen brauchte und sich später dank eines gerissenen Tricks in die Lage versetzt sah, für seine Freundin Maggie eine Wohnung zu mieten ...

Brent starrte auf den Bildschirm und meinte schließlich, die Augen sollten vielleicht etwas ovaler aussehen. Der Beamte tippte aufs Tastenfeld, das Gesicht zuckte in von oben nach unten laufenden Wellen, und dann sahen die Augen ovaler aus. Aber ganz stimmten sie immer noch nicht. »Könnten Sie sie etwas kleiner machen?«

»Wenn Sie wollen, verwandle ich die Frau in eine Prinzessin mit Tiara«, frotzelte der Beamte resigniert.

»Dann paßte sie aber nicht in ein Pub auf dem Moor.«

»Wäre sie denn auffälliger als eine Tussi mit halb grünem oder halb blauem Haar?«

»Gutes Argument.«

Der Beamte tippte weiter, und die Augen begannen zu schrumpfen. »Sehen Sie sich doch die Nase noch einmal an. Das ist immer entscheidend.«

Brent studierte das Riechorgan. »Die ist in Ordnung, etwas anderes stimmt nicht ... aber was?« Er hatte während seiner Ausbildung gelernt, sich Gesichter einzuprägen, fand das aber wie die meisten Menschen alles andere als leicht. »Irgendwie wirkt sie nicht hart genug.«

»Ist das Ihr Ernst? Im Augenblick sieht sie aus, als wäre sie schon als Fünfjährige anschaffen gegangen.«
»Lassen Sie sie einmal so aussehen, als hätte sie gerade von ihrem Zuhälter eine ordentliche Tracht Prügel bekommen.«
Der Beamte kratzte sich am Ohr, pfiff lautlos und gab eine Reihe von Befehlen in das Gerät ein. Das Gesicht veränderte sich. »Mist!« rief er. »Das hab' ich falsch gemacht. Jetzt sieht sie aus wie Draculas Witwe! Lassen Sie mich das ändern ...«
»Halt! Das ist sie.«
Der Beamte war etwas vergrätzt, weil er ausgerechnet mit einem Fehler Erfolg gehabt hatte.

O'Connor starrte mürrisch das Telefon an. Es schien den ganzen Tag geklingelt zu haben, aber der eine Anruf, auf den er wartete, war ausgeblieben. Fred Wallace war offenbar sehr tief abgetaucht.
Normalerweise konnte er sich damit abfinden, daß es in fast allen Fällen eine Phase gab, in der keine Fortschritte gemacht wurden. Hier aber bedeutete jeder Tag ohne Fortschritt weitere Opfer ...
Am Morgen hatte Pam ihm geraten, sich nicht so zu engagieren. Er täte, was in seiner Macht stünde, und darum sei es lächerlich, sich wegen fehlender Resultate solche Sorgen zu machen, meinte sie. Zum Glück aber war ihr das wahre Ausmaß der Gefahr nicht bewußt. Sie wähnte die Kinder Liz und Harry noch immer in Sicherheit, weil sie ordentlich erzogen worden waren. Vor der Neigung der Jugend, Gefahren herauszufordern, den Erwachsenen eine Nase zu drehen, sich dem Gruppendruck zu fügen, konnte sie sie nicht bewahren.
Verflucht, warum rief Fred Wallace nicht an?

7

Als Brent auf den Parkplatz fuhr, war seine Laune noch schlechter als bei seiner Abfahrt vor zwei Stunden. Er bearbeitete sechs Fälle und hatte Berichte über seine Fortschritte anzufertigen, doch dann hatte ihm eine Polizeistelle aus dem Norden des Landes dazwischengefunkt und ihn um die Vernehmung eines Zeugen ersucht, der die zweite Besetzung für die Rolle des unsichtbaren Mannes zu sein schien. Zwei Stunden also für die Katz.

Im Aufzug traf er eine Stenotypistin, die ihm auf dem Weg nach oben schlüpfrigen Tratsch erzählte und dabei dafür sorgte, daß sich ihr Kleid über ihrem Busen spannte. Ehe er Susan begegnet war, hatte er mit ihr fast etwas angefangen; nun aber überraschte es ihn ein wenig, daß er sie überhaupt einmal attraktiv gefunden hatte. Wer Champagner genießen lernte, dem schmeckt das Bier nicht mehr.

Im Wachraum saß ein anderer Beamter und tippte ungewöhnlich flott auf seiner Maschine. »Ich habe eine Nachricht für Sie entgegengenommen, Jim. Sie liegt auf Ihrem Schreibtisch.«

»Danke.« Er ging an seinen Platz.

»Sagen Sie, für wann haben Sie Ihren Urlaub angemeldet?«

»Ich nehme mir die ersten beiden Augustwochen.«

»Könnten wir tauschen? Gegen die beiden letzten Wochen im August?«

»Tut mir leid, aber ich habe schon gebucht.«

»Schade. Wohin geht's denn?«

»Nach Vanua Levu.«

»Und wo ist das?«

»Im Pazifik.« Er setzte sich und griff nach dem Bogen, der auf einer Akte lag.

»Haben Sie im Glücksspiel gewonnen?«
»Nein, eine zweite Hypothek aufgenommen.« Als ein gemeinsamer Sommerurlaub zur Sprache gebracht wurde, hatte er ein Hotel in Tossa de Mar vorgeschlagen, weil es ihm von einem Freund als erstklassig empfohlen worden war. Susan hatte das für einen Witz gehalten und gesagt, ihre Friseuse führe an die Costa Brava, so wie alle anderen Friseusen auch ...
Brent sah sich die Nachricht an. Ein Beamter der Abteilung A hatte das Computerbild ostentativ identifiziert: Bei der Frau konnte es sich um eine Maureen Lewis handeln. Er rief das Archiv an und bat um ihr Bild.
Einundzwanzig Minuten später ging das Foto bei ihm ein. Kristallklar war die Sache nicht, aber Brent war sicher, daß es sich um die Frau handelte, die er im Saracen's Head gesehen hatte. Er rief noch einmal das Archiv an und ließ sich ihr Strafregister durchgeben. Bagatelldelikte im Zusammenhang mit Prostitution, schwere Körperverletzung, Drogenhandel. Letzter bekannter Wohnsitz Monbridge. Er bat die Polizei von Monbridge, die Frau sofort ausfindig zu machen, Prioritätsstufe eins. Der Mann am Apparat versetzte sarkastisch, es hätten anscheinend alle Anfragen der Abteilung C die höchste Dringlichkeitsstufe.

O'Connor kehrte am späten Freitagnachmittag müde, verschwitzt und noch immer verärgert zur Wache zurück. Gut, er hatte im Fall Preston falsch entschieden. Zur Wahl hatten zwei Möglichkeiten gestanden, und nichts hatte darauf hingewiesen, welche korrekt war. Auch der Detective Inspector hätte leicht eine Fehlentscheidung treffen können. Fawcus war aber nicht gezwungen gewesen, auf der Stelle zu entscheiden, und konnte ihm nun im nachhinein genüßlich alle Fehler unter die Nase reiben ...

Brent kam herein. »Ich habe Sie gesucht, Sergeant.«
»Nun, jetzt haben Sie mich gefunden«, gab O'Connor säuerlich zurück.
Brent spürte, daß Diskretion angebracht war. »Wie Sie wissen, habe ich die Frau aus dem Pub identifiziert. Monbridge rief gerade zurück; Maureen Lewis ist verzogen. Nach Süden vielleicht, erklärte eine Kontaktperson und nannte eine mögliche Anschrift, aber dort war sie nicht aufzufinden.«
»Und?«
»Das ist der gegenwärtige Stand der Dinge.«
»Treiben Sie sie auf.«
»Ich habe eine Fahndungsmeldung an alle Abteilungen und die Behörden der umliegenden Grafschaften hinausgehen lassen. Zwei Kontaktpersonen habe ich für Hinweise auf ihren Verbleib mehr geboten, als ihnen in ihren armseligen Träumen einfiele. Einen Anwärter habe ich losgeschickt und angewiesen, sich bei möglichst vielen Prostituierten umzuhören. Mehr kann ich im Augenblick nicht tun.«
Dem mußte O'Connor widerstrebend zustimmen. »Aber halten Sie die Dinge in Bewegung.«
»Wird gemacht.«
Brent ging. O'Connor schaute auf die Papiere auf seinem Tisch und dann zur Wanduhr. Nun würde er wieder zu spät nach Hause kommen. Pam war sehr verständnisvoll, aber Liz hatte nächste Woche Geburtstag, und wenn er diese Feier verpaßte, hatte Pams Geduld wohl ein Ende.

Ein Mann, der sich fit hielt und allmorgendlich bei jedem Wetter über die nördliche Gemeindewiese joggte, kam an einer kleinen Baumgruppe vorbei und blieb stehen, als er ein lautes Summen hörte. Er schaute auf die Uhr: fünf Minuten Zeit. Er trat vom Weg und ging durchs Gras auf die Bäume zu, zwischen denen Brombeeren wuchsen. Hinter einem dieser Büsche summte es. Instinktiv vorsichtig schaute er nach und sah einen riesigen Schwarm Schmeißfliegen auf einem Bündel Lumpen. Verfaulten hier Lebensmittel? Dann stellte er entsetzt fest, daß das Bündel einmal ein Mensch gewesen war.

Der Tote wurde in einen Kunststoffsack gelegt und mit dem Wagen eines Bestattungsunternehmers in die Leichenhalle des Vorortes Croxley gebracht.
Das Gebäude stammte aus dem späten 19. Jahrhundert und sah von außen wie ein Wohnhaus aus – da Croxley einmal ein feiner Vorort gewesen war, hatte man es für nötig gehalten, die unangenehmen Realitäten zu kaschieren. Im Innern aber herrschte das späte 20. Jahrhundert: Operationslampen und -tische, Waschbecken aus Edelstahl, Sterilisatoren und Kühlschubladen, in denen die Verwesung zum Stillstand gebracht wurde.
Bevor die Leiche ins Kühlfach kam, nahm ein junger Pathologe eine kurze und nur äußerliche Untersuchung vor. Nachdem er seinen Befund in ein an der Seite des Tisches angebrachtes Mikrophon gesprochen hatte, wandte er sich an einen Constable. »Todesursache: Ersticken nach ausgedehnter Gewaltanwendung – will sagen, Folterung.«
»Folterung!« wiederholte der Constable verblüfft. Er hatte geglaubt, daß der Tote die zahlreichen sichtbaren Verletzungen bei einem Kampf erlitten hatte.
»Ja, und auf sehr primitive Weise. Zähne gezogen, Fingernägel herausgerissen, und so weiter auf dieser Linie. Sie brauchen natürlich Fingerabdrücke. Ich nehme sie gleich.«
Früher mußte die Arbeit des Abdrückenehmens von

Polizeibeamten vorgenommen werden, doch inzwischen hatte man erkannt, daß Pathologen hier mehr Geschick hatten. Er ergriff jeden Finger am ersten Gelenk, rollte ihn erst über ein Farbkissen und dann über Glanzpapier.
Die Abdrücke brachte ein Streifenwagen zur Zentrale der Grafschaft. Hier wurde seit einem Jahr der Abgleich mit Computer erprobt; ein System, das das Personal in zwei Lager spaltete. Die einen glaubten, daß es rascher, einfacher und effizienter war, die anderen hielten es für praktisch nutzlos. In vorliegendem Fall funktionierte es tadellos. Binnen drei Minuten war Frederic Wallace identifiziert worden.

O'Connor starrte auf den Bericht. Frederic Wallace, 63, letzte bekannte Anschrift: 24 Cheriton Road, Wickton. Ein langes Strafregister, doch eigentlich alles Bagatellen.
Eines war nach diesem Mord klar. Hawsley hatte eindeutig mit dem Rauschgiftring zu tun, denn seine Vernehmung mußte diese barbarische Tat ausgelöst haben – die Tatsache, daß die Polizei von seinem Treff mit Maureen Lewis wußte, deutete auf einen Informanten hin. Die sogenannten Köpfe der Organisation, denen Wallace bereits suspekt war, hatten ihn mit brutaler Gewalt geschnappt, ihn foltern lassen, bis er gestand, und ihn dann ermordet. Maureen Lewis hatte den Befehl bekommen, unterzutauchen, oder sie war ebenfalls getötet worden. Hawsley war unbehelligt geblieben, was bedeuten konnte, daß ihn die Organisation für zu wertvoll hielt – oder, daß sie in ihm kein großes Risiko sah. Nun, da Maureen verschwunden und Wallace tot war, gab es keine vor Gericht akzeptable Möglichkeit mehr, ihn mit der Drogenszene in Verbindung zu bringen.

Je mehr O'Connor über die Fakten nachdachte, desto deutlicher erkannte er, daß die Polizei die Initiative völlig verloren hatte. Jeder Tag, der verstrich, bedeutete weitere Opfer. Die Polizei aber war seit dem Tag, an dem Wallace zuerst den Mann mit der Narbe erwähnt hatte, dem Erfolg keinen Schritt nähergekommen. Normalerweise hätte O'Connor mit Entsetzen auf den Mord an Wallace reagiert. Nun aber empfand er nur ohnmächtige Wut.

Im Scherz meinte Pamela O'Connor manchmal, sie sei gut dran, weil sie genau wisse, daß Hugh sie wegen ihrer inneren Werte und nicht wegen ihres Aussehens liebte. Vor zwanzig Jahren hätte sie das nie aussprechen können, denn sie hatte sehr unter ihrem Äußeren gelitten. Erst ihre Ehe und ihre Kinder hatten ihr ein besseres Selbstwertgefühl gegeben.
Sie hatte ein überlanges Gesicht, dessen Proportionen nicht zu stimmen schienen. Unter dem linken Auge hatte sie einen unansehnlichen Leberfleck, ihre Nase war milde ausgedrückt römisch; am linken Ohr hatte sie ein Ekzem, das allen Hautcremes trotzte; ihr Haar war mausbraun und glatt. Schön waren nur ihre großen braunen Augen.
Sie war eine sehr glückliche Frau. Von einer Welt, in der Konsum Frustration erzeugte, erwartete sie nur, was sie bereits hatte – einen liebenden Mann, zwei gesunde Kinder, ein hübsches Heim, und gerade genug Geld. Solange sie dies ihr eigen nennen konnte, waren ihr die Probleme der Außenwelt gleichgültig. Internationales Säbelrasseln, Währungskrisen oder bittere Handelskriege nahm sie völlig gelassen zur Kenntnis. Doch wenn sie ihre Familie oder ihr Heim bedroht sah, galoppierten die apokalyptischen Reiter los. Verspätete sich Harry nur um zehn Minuten, war sie schon

drauf und dran, das Krankenhaus anzurufen; schlug Liz sich das Knie auf, versuchte Pam verzweifelt, sich an das Datum der letzten Tetanus-Auffrischimpfung zu erinnern ...

»Endlich kommst du mal zu einer vernünftigen Zeit heim, Schatz«, sagte sie, als sie ihn in der kleinen Diele ihres Reihenhauses mit einem Kuß auf die Wange begrüßte.

»Ich dachte, heute wäre die Gelegenheit, einmal früher zu Bett zu gehen.«

»Was du auch nötig hast! Schau dir nur die dunklen Schatten unter deinen Augen an. Komm, setz dich vor den Fernseher, ich mache jetzt das Essen. Ein Kotelett habe ich dir gekauft; das magst du doch, oder?«

»Mit Zwiebeln.«

Sie lächelte. »Wie könnte ich die vergessen? Beeile dich, gleich fängt ein Naturprogramm an. Das gefällt dir bestimmt.«

Er nickte, obwohl ihn die vielen Sendungen dieser Art inzwischen meist langweilten. »Alles klar bei den Kindern?«

»Liz ist bei den Wilsons; ich hole sie später ab. Harry sitzt oben an seinen Hausaufgaben.«

»Oder hofft, daß wir das glauben.«

»Aber Hugh, das hat er nicht verdient. Er hat sich inzwischen sehr angestrengt. Für die letzte Klassenarbeit bekam er schon eine viel bessere Note.«

»Na, wer ganz unten anfängt, kann nur besser werden.«

»Sei nicht so streng mit ihm.«

»In seinem Alter –«

»Hattest du bestimmt ein Comic-Heftchen im Mathebuch.«

Er lächelte. Vor nicht zu langer Zeit hatte er ihr gestanden, genau das getan zu haben, und zwar in der Geographiestunde; er war erwischt und bestraft worden.

»Geh jetzt ins Wohnzimmer, damit ich in Ruhe kochen kann. Und schenke dir zur Entspannung etwas ein.«
»Trinkst du ein Glas mit?«
»Ich? Gut, meinetwegen.«
Er goß ihr einen süßen Sherry ein und holte sich eine Dose Bier, setzte sich dann ins Wohnzimmer. Mit halbem Auge sah er ein Quizprogramm und gab sich seinen Gedanken hin.
Eine halbe Stunde später setzten sie sich an den Eßzimmertisch. O'Connor war auch in seiner Lebensführung altmodisch und befolgte die Regeln, die ihm die Eltern beigebracht hatten; nur gelegentlich war er dazu zu bewegen, das Abendessen auf der Couch vor dem Fernseher einzunehmen.
Sie servierte ihm einen Auflauf, trotz der Kindheitsassoziationen seine Lieblingsnachspeise, und schaute sich den kleinen Rest in der Schüssel an. »Das kannst du bestimmt noch aufessen.«
»Ich weiß nicht, ob ich das schaffe.«
»Aber du ißt es doch gerne!«
»Stimmt, aber du hast erst letzte Woche gesagt, ich hätte zugenommen.«
»Wenn du mit Ringen unter den Augen heimkommst, mußt du etwas Ordentliches essen, ganz gleich, ob du dick wirst oder nicht. Komm, gib mir deinen Teller –« Sie hielt inne, denn das Telefon klingelte. »Ist das Liz? Will sie früher abgeholt werden?«
»Wer das herausfinden will, geht am besten dran. Laß mich –«
»Nein, du bleibst hier. Wenn es die Wache ist, sage ich, du seiest nicht zu Hause, und ich wüßte auch nicht, wann zu zurückkommst.« Sie eilte aus dem Zimmer.
Er begann zu essen. Der Auflauf war genau nach seinem Geschmack. Mehr Schlagsahne als Rührkuchen, kräftiger Likörgeschmack ...

Als sie zurückkam, sah er ihr sofort an, daß sie schlechte Nachrichten hatte. »Liz?« fragte er und spürte, wie sich in seinem Innern etwas zusammenzog.
Sie schüttelte den Kopf und setzte sich. Sie waren nun allein, da Harry sich nach dem Hauptgericht wieder in den ersten Stock zurückgezogen hatte.
»Was gibt's, mein Herz?«
»Das war Norma. Paul ist erwischt worden.«
»Wobei?«
»Er versuchte, eine alte Frau zu berauben, und ist nun in Haft.«
»Das kann doch nicht wahr sein.«
»Er wurde auf frischer Tat ertappt.« Sie seufzte. »Anscheinend nimmt er Drogen und brauchte Geld. Daß er abhängig ist, erfuhr Norma erst, als sie zusammen mit Maurice auf die Wache bestellt wurde.«
»Mein Gott!« meinte O'Connor erstickt. Das friedliche Gefühl, das ihn bei der Heimkehr überkommen hatte, war verflogen, und er sah sich wieder mit den bitteren Problemen konfrontiert, die ihm schon so lange Kummer gemacht hatten. Die Familie Prideaux war der seinen in ihrer Lebensauffassung so ähnlich, daß die Festnahme des Sohnes wegen einer im Zusammenhang mit Drogen begangenen Straftat seine Vermutung, jede Familie sei in Gefahr, nur weiter bestätigte. Die Bedrohung war nähergerückt. Er hätte jeden Eid geschworen, daß Harry mit Drogen noch nicht einmal experimentiert hatte, und das auch in Zukunft nicht tun würde. Nun quälten ihn Schuldgefühle, denn er wußte, daß ein brutaler Rauschgiftring immer aktiver wurde, aber daß er nichts gegen ihn unternehmen konnte, weil er nach dem Gesetz erst handeln durfte, wenn er über die erforderlichen Beweise verfügte.

8

Es wäre O'Connor schwergefallen, seine moralischen Wertvorstellungen zu definieren – nicht nur, weil er es schon immer nicht einfach gefunden hatte, seine eigenen Gedanken zu analysieren, sondern auch, weil er sich für einen logisch denkenden Menschen hielt. Zwar war Recht eben Recht und Unrecht eben Unrecht, aber er war zu der von einem unangenehmen Gefühl begleiteten Erkenntnis gelangt, daß »Recht« keine absolute Kategorie war und daß aus Recht hin und wieder Unrecht wurde und umgekehrt. Da der Gesetzgeber diese Tatsache nie einräumen durfte, blieb es den Durchführungsorganen überlassen, dafür zu sorgen, daß der Gerechtigkeit Genüge getan wurde. In der Praxis aber konnte sich das als ein Ding der Unmöglichkeit erweisen, denn die Autorität des Polizisten gründete auf dem Gesetz, und das durfte er nicht untergraben ...

In der Theorie hatte die Polizei Missetäter nicht zu bestrafen, sondern nur durch Beibringung von Beweisen der Verurteilung zuzuführen. Die Polizei war neutral, und die Beweise waren neutral zu erbringen und vorzulegen. Wie neutral aber konnte ein Beamter der Kriminalpolizei sein, für den zweifelsfrei feststand, daß ein Mann schuldig war? Wie konnte er untätig mit ansehen, wie ein Krimineller weitere Straftaten beging, nur weil die vom Gericht geforderten Beweise nicht beizubringen waren? Wie konnte er mit dem Bewußtsein leben, daß er zumindest mitschuldig an den Verletzungen der Opfer war? Die Manipulation von Beweisen war illegal, aber es mußte doch rechtens sein, alles zu tun, um Unschuldige vor Schaden zu bewahren? War es nun Recht oder Unrecht, wenn gefälschte Beweise zur Verurteilung eines eindeutig Schuldigen führten? Die Vorgabe, ein Angeklagter habe bis zum Beweis seiner Schuld als unschuldig zu gelten, gehörte in den Bereich der Theorie, nicht in den der Praxis. Das war der uralte Streit zwischen Idealisten und Praktikern, den Bewohnern des Elfenbeinturmes und dem Straßengesindel.

Er konnte nun mit sich rechten, solange er wollte, fest stand eines: So gut wie alle seine Kollegen würden ihn einen Narren heißen, wenn er das Vorhaben, an das er nun dachte, auch nur in Erwägung zog. Dies würde sie zu Verrätern an sich selbst und der Gerechtigkeit machen, in deren Dienst sie stehen sollten, denn sie versteckten sich hinter Vorschriften, die ihnen ebenso Schutz boten wie den Kriminellen.

Er kannte das Risiko, das er einging, und auch die Konsequenzen, wenn man ihn erwischen würde. Er wußte, daß seine Kollegen das, was er plante, für völlig untypisch für ihn halten würden. Dachte er aber an Liz und Harry, kam ihm seine Handlungsweise durchaus typisch vor.

Er fuhr mit dem Aufzug ins Erdgeschoß und ging dann die Treppe hinunter zum ersten Untergeschoß. Die Asservatenkammer war nicht verschlossen. Drinnen erfaßte ein Constable in Uniform lustlos das in der vergangenen Nacht sichergestellte Diebesgut.

»Ich muß mal rasch an den Kühlschrank«, sagte O'Connor.

»Nur zu«, erwiderte der Beamte.

»Wo ist der Schlüssel?«

»Der hängt hinter der Tür.«

O'Connor ging an die Tür und nahm den Schlüssel vom Haken.

Am Ende des länglichen Raums waren drei Wandregale, drei für kleine Gegenstände, und im vierten stand die Stahlkassette. Er schloß sie auf. Darin lagen in zwei unterschiedlich hohen Stößen kleine Kunststoffbeutel, die ein schmutzigweißes Pulver enthielten. O'Connor kehrte dem Constable den Rücken zu, langte hinein, nahm sich ein Beutelchen und steckte es ein. »Mehr liegt nicht auf Eis?« fragte er dann.

»Ja, es ist im Augenblick alles.«

»Ich dachte, wir hätten in den letzten vierundzwanzig Stunden eine Menge beschlagnahmt.«

»Wenn das so ist, war noch niemand hier, um das Zeug auf Eis zu legen.« Die Kassette nannte man im allgemeinen den »Kühlschrank«, und sein Inhalt lag dort »auf Eis«.

»Dann bin ich umsonst gekommen.«

»Kein Grund zur Panik. Wird ja bezahlt.«

»Das ist das einzige, was ihr jungen Spunde im Kopf habt«, versetzte O'Connor mit gespielter Mißbilligung.

»Wir haben eben erkannt, worauf es ankommt.«

»Hängt ganz vom Standpunkt ab . . . Sagen Sie mir Bescheid, wenn wieder ein Schwung hereinkommt.« O'Connor war sicher, daß die Bitte gleich wieder vergessen wurde.

»Klar, sicher«, meinte der Constable und dachte auch schon an etwas anderes.

O'Connor entfernte sich und war zur Abwechslung einmal froh darüber, daß viele jüngere Beamte ihren Dienst auf eine lässige Art versahen, die früher, als er seine Karriere begonnen hatte, nie geduldet worden wäre. Er hätte sich nicht nur beim Betreten der Asservatenkammer ins Buch eintragen, sondern auch vor dem Öffnen der Kassette seine Unterschrift in ein zweites Buch setzen müssen. Da es der Constable versäumt hatte, darauf zu bestehen, blieb O'Connors Besuch undokumentiert. Das Glück war ihm offenbar hold.

O'Connor rief übers Haustelefon Brent zu sich. Brent, der sich mit dem Ausfüllen eines unverständlichen Formulars geplagt hatte, kam mißmutig zu ihm.
»Sind Sie beschäftigt?« fragte O'Connor.
»Ich? Ach wo, ich vertreibe mir nur die Zeit, bis ich guten Gewissens heimgehen kann.«
»Dann haben Sie jetzt etwas zu tun. Wir fahren auf einen Schwatz zu Hawsley.«
Brent setzte sich auf die Tischkante. »Hat sich etwas Neues ergeben?«
»Nein.«
»Was ist dann der Zweck der Übung?«
»Vielleicht hat er es sich anders überlegt und unterstützt uns nun.«
»Ihren Optimismus möchte ich haben.«
»Diesmal könnte die Sache anders ausgehen. Es fehlte ihm nämlich seine Frau, die ihm den Rücken stärkt. Sie ist die Vorsitzende des Gemeinderats der Kirche, und der hat heute um sechs Jahreshauptversammlung.«
»Ihnen entgeht aber auch nichts«, meinte Brent mit Bewunderung.
O'Connor schaute auf die Uhr. »Wenn ich sie richtig einschätze, fährt sie früher hin, um alle auf Vordermann zu bringen. Wenn wir uns jetzt auf den Weg machen, treffen wir ihn allein an.«
Sie fuhren ins Erdgeschoß und gingen durch den Hinterausgang auf den Parkplatz. Eines der drei Dienstfahrzeuge der Kripo war verfügbar. Brent setzte sich ans Steuer und begann beim Fahren zu schwatzen, doch O'Connor schien plötzlich verdrossen zu sein und gab nur einsilbige Antworten. Brent, verdutzt über den jähen Stimmungsumschwung, wandte sich in Gedanken einem akuteren Thema zu – was sollte er Susan zum Geburtstag schenken? Was

konnte sie noch nicht haben, sich aber wünschen? Und konnte er es sich leisten?
Sie bogen ab zur Cockscomb Farm und hielten vor der Garage. Ein Tor stand offen; innen war nur der Toyota zu sehen. Sie gingen zur Haustür; Brent klingelte. Hawsley machte auf. Die Furcht war ihm sofort anzusehen.
»Können wir uns einmal kurz unterhalten?« fragte Brent.
»Was . . . was wollen Sie?«
»Nur einmal mit Ihnen reden.«
»Ich . . . ich bin beschäftigt.«
»Wir werden Sie nicht lange aufhalten . . . vorausgesetzt, Sie sagen uns, was wir wissen wollen.«
Hawsley versuchte, sich zu behaupten. »Kommen Sie ein andermal wieder.«
»Unsere Zeit ist so knapp bemessen, daß wir die Sache entweder jetzt erledigen oder nie.«
Kein Zweifel, welche Option Hawsley vorgezogen hätte.
»Gehen wir doch einfach rein und schwatzen ein bißchen.« Brents forsch-fröhliche Art sollte keinen Widerspruch zulassen.
Sie gingen ins Wohnzimmer. Der Fernseher lief, auf der Couch lag eine aufgeschlagene Zeitung, und auf einem Beistelltisch stand ein halbvolles Glas. Im Gegensatz zu ihrem ersten Besuch sah der Raum nun so aus, als würde er auch benutzt.
Brent setzte sich und begann mit der Vernehmung. »Wir haben einiges über Maureen erfahren.«
Der Name war für Hawsley ein Schock.
»Bemerkenswerte Dame – immer vorausgesetzt, daß man sie als solche bezeichnen kann. Nun, offenbar ist sie Ihr Typ.«
»Ich . . . ich weiß nicht, wovon Sie reden.«

»Maureen Lewis, die Frau, mit der Sie vor knapp zwei Wochen im Saracen's Head zwei Gläschen getrunken haben.«
»Ich habe Ihnen doch gesagte, daß ich nie dort war . . .«
»Machen Sie uns doch nichts vor. Ich kann Ihnen nicht zum Vorwurf machen, daß Sie lügen, wenn Ihre Frau dabei ist. Besonders tolerant ist sie nicht, stimmt's?«
»Sie haben kein Recht, so etwas zu sagen.«
Brent schob das Kinn vor. »Ich an Ihrer Stelle würde nicht versuchen, uns rumzuschubsen. Wir können bösartig werden.«
»Ich schwöre, daß ich keine Frau dieses Namens kenne.«
»Sie können sich einen Stapel Bibeln besorgen und meinetwegen zwei Stunden lang schwören, wenn's Ihnen Spaß macht, aber ein Lügner sind Sie trotzdem. Warum haben Sie sich mit Maureen getroffen?«
»Ich traf mich aber –«
»Wir haben Ihr Foto herumgezeigt. Die Barfrau und ein Stammkunde des Saracen's Head erkannten Sie sofort wieder. Ich habe Sie ebenfalls dort gesehen. Wollen Sie es also weiter abstreiten? Ihnen ist hoffentlich klar, was Ihnen dann blüht.«
Hawsley gab keine Antwort.
»Dann steht für uns fest, daß Sie eine Straftat vorbereiteten.«
»Das stimmt nicht.«
»Warum geben Sie dann nicht zu, daß Sie dort waren?«
»Das . . . war ich nicht.«
»Wollen Sie uns erzählen, daß Sie einen Zwillingsbruder haben? Unsinn, Sie waren dort. Und so, wie die Alte aussieht, kann es um Sex nicht gegangen sein. Außer Sex hat sie doch nur eines zu bieten: Drogen! Sie haben einen Deal ausgemacht, stimmt's?«
»Nein.«

»Geben Sie es doch zu. Warum etwas abstreiten, das sonnenklar ist?«

»Nein!« schrie er wild. Ihm stand nun der Schweiß im Gesicht.

»Wissen Sie eigentlich, daß Sie mit Ihren Lügen alles nur noch schlimmer machen? Wenn Sie uns jetzt die Wahrheit sagen, haben wir Verständnis. Aber wenn Sie uns weiter die Hucke vollügen, werden wir sauer und könnten –«

»Das reicht!« unterbrach O'Connor.

»Ich mache ihm doch nur klar –«

»Es besteht kein Anlaß, ungemütlich zu werden.«

»Obwohl er uns die Wahrheit vorenthält? Wie wäre es denn –«

»Wie wäre es, wenn Sie den Mund hielten? Gehen Sie zum Auto und holen Sie mir die Akte vom Rücksitz.«

Brent zögerte, stand dann aber auf. Er warf Hawsley einen bösen Blick zu, ging mit langen Schritten aus dem Zimmer, zog vor dem Türsturz im letzten Augenblick den Kopf ein und warf die Tür hinter sich unsanft ins Schloß. Dann grinste er. In jedem Kriminalbeamten steckt ein verhinderter Schauspieler.

Er verließ das Haus und schlenderte gemütlich zum Wagen. Er ließ sich Zeit, um O'Connor Gelegenheit zu geben, sich für sein aggressives Verhalten zu entschuldigen. O'Connor zeigte sich nun verständnisvoll und wies Hawsley milde darauf hin, daß er ihm zwar nichts versprechen könne, daß seine Mitarbeit ihm jedoch den guten Willen der Polizei einbringen würde. Die Absicht war, Hawsley solche Erleichterung und Dankbarkeit empfinden zu lassen, daß er es nur vernünftig fand, die Wahrheit zu sagen.

Brent lehnte sich an den Wagen, steckte sich eine Zigarette an, schaute über das Feld hinter der Garage und versuchte erneut, sich ein Geburtstagsgeschenk für

Susan einfallen zu lassen. Er hörte ein Auto kommen, fand, daß es auf der schmalen Straße zu schnell fuhr, und nahm erst ernsthaft Notiz von ihm, als es in die Einfahrt einbog. Der BMW wurde brutal abgebremst und kam mit blockierenden Rädern auf dem Kies zum Stehen. Mrs. Hawsley stieg aus. »Was haben Sie hier verloren?« herrschte sie ihn an.

Er verfluchte das Pech, das sie zurückgebracht hatte. »Da waren noch ein paar Fragen an Ihren Mann offen.«

»Sie haben nicht das geringste Recht, sich hier aufzuhalten. Ich werde unseren Anwalt anweisen, eine scharfe Beschwerde gegen Sie einzulegen.« Jedes Wort kam eiskalt, abgehackt, ausgespuckt heraus. Sie machte kehrt und ging auf den Garten zu. Er folgte ihr und mußte sich anstrengen, um mit ihr Schritt zu halten.

Als sie das Wohnzimmer betraten, blieb sie wie angewurzelt stehen. Ihr Mann hatte hinter einem Sessel Zuflucht gesucht und die Hand vors Gesicht geschlagen. Er stieß einen fieberhaften, so gut wie unverständlichen Wortschwall hervor.

Brents Aufmerksamkeit galt nicht den Hawsleys, sondern O'Connor. Er hatte schon öfter gesehen, wie sich Schuldbewußtsein manifestiert.

Mrs. Hawsley überwand den Schock und ging zu ihrem Mann hinüber. »Was geht hier vor?«

»Er sagt ... Ich hatte nichts ... Er kann doch gar nicht ...«

»Reiß dich zusammen. Bist du mißhandelt worden?«

Er schüttelte den Kopf.

»Was ist dann sonst los?«

Ihre Anwesenheit half ihm, die Selbstbeherrschung zurückzugewinnen. Er wies auf O'Connor. »Er behauptet, ich hätte ein Päckchen Rauschgift in der Jackentasche gehabt. Aber das stimmt nicht. Er muß es mir zugesteckt haben.«

Sie fuhr herum und starrte O'Connor an. »Gehe ich richtig in der Annahme, daß Sie behaupten, bei meinem Mann Drogen gefunden zu haben?«
»In seiner rechten Jackentasche war ein Beutel, der ein Rauschmittel enthalten kann. Mit Sicherheit läßt sich das erst nach einem Labortest sagen.«
»Er hat es mir in die Tasche gesteckt!« brüllte Hawsley. »Er drohte, mich wegen Rauschgifthandels festzunehmen, wenn ich ihm nicht die Wahrheit über diese Frau sage.«
Sie drehte sich zu O'Connor um. »Verlassen Sie dieses Haus.«
O'Connor und Brent gingen.

9

»Verflucht noch mal!« sagte O'Connor bitter. »Er fing gerade an zu reden.«
Brent schaltete herunter und bremste vor einer scharfen Kurve ab. »Sie haben wohl nicht alle Tassen im Schrank. Wozu der gefährliche Trick?«
»Ich wollte ihn zum Reden bringen. Man brauchte ihn nur unter Druck zu setzen.«
»Ihnen ist hoffentlich klar, daß Sie jetzt wahrscheinlich selbst erledigt sind.«
»Er wird es nicht wagen, sich zu beschweren.«
»Machen Sie sich doch nichts vor. Wetten, daß die Frau jetzt schon am Telefon hängt und ihren Anwalt auf uns losläßt?«
»Sie mag unangenehm sein, aber dumm ist sie nicht. Sie wird nicht riskieren, daß die Sache an die Öffentlichkeit kommt.«
»Ob sie weiß, was er treibt?«

»Sie muß Bescheid wissen.«
»Dann wird ihr auch klar sein, daß wir ihm nichts beweisen können.«
»Falsch. Seine Fingerabdrücke sind auf dem Beutel.«
»Nebensache ... Es wird noch dazu kommen, daß Sie wegen Beweisfälschung vor Gericht stehen, und die Anklage wird demonstrieren, wie Sie Hawsley mit einer List dazu brachten, den Beutel zu berühren.«
»Sie vergessen, daß die beiden nicht ahnen, wie wenig wir wissen. Und Schuldige befürchten immer das Schlimmste.«
»Da machen Sie sich etwas vor. Ganz gleich, was die Frau weiß – sie wird Ihnen eine Lektion erteilen, weil Sie ihren Mann tyrannisiert haben. Dieses rachsüchtige Biest wird Himmel und Hölle in Bewegung setzen, um Ihnen zu schaden.«
Sie fuhren um eine Kurve und erreichten nun ein gerades Straßenstück. Brent trat heftig auf den Gashebel, um seinen Frust abzureagieren.
O'Connor sagte: »Glauben Sie wirklich, daß sie offiziell Beschwerde einlegen wird?«
»Ja. Da wette ich tausend zu eins.«
Nun schwiegen sie eine Zeitlang.
»Warum mußte sie auch zurückkommen? Ich hatte ihn gerade so schön mürbe gemacht.«
O'Connor, fand Brent, klang nun eher kläglich als erbost. Anscheinend wurden ihm die möglichen katastrophalen Konsequenzen seiner Tat erst jetzt bewußt.
»Jim, ich mußte das einfach tun.«
»Und warum?«
»Wegen Paul Prideaux.«
»Wer ist das?«
»Der Sohn von Bekannten; ein anständiger Junge aus einer anständigen Familie, der so erzogen wurde wie meine beiden Kinder. Er wurde gestern festgenom-

men, weil er versucht hatte, eine alte Frau zu berauben. Paul nimmt harte Drogen; ein typischer Fall von Beschaffungskriminalität. Von seiner Sucht erfuhren die Eltern erst nach seiner Verhaftung. Pam hat sie besucht und fand sie beide am Boden zerstört vor. Es gibt Dutzende solcher Familien, und wenn dieser neue Rauschgiftring nicht bald gesprengt wird, werden wir es mit tausend Neuen zu tun bekommen.«

»Warum sind Sie nicht im Rahmen der Legalität geblieben?«

»Weil wir mit unseren Methoden keinen Schritt vorangekommen sind. Weil ich zwei Kinder habe und mir gut vorstellen kann, wie einem zumute ist, wenn man entdeckt, daß eines Drogen nimmt. Sie haben keine Kinder, Jim, und können das nicht verstehen . . .«

Und wenn nun Susan in Gefahr schwebte? fragte Brent sich plötzlich und erkannte, daß er sogar töten würde, um sie zu schützen. »Ich verstehe Sie«, meinte er leise. Sie passierten das Ortsschild und die ersten Häuser der Stadt. Sie bogen in eine Straße ein, an deren Ecke ein großes, häßliches Gebäude stand, das einmal eine Besserungsanstalt gewesen war, nun aber ein Amt der Stadtverwaltung beherbergte.

»Aussage wird gegen Aussage stehen«, erklärte O'Connor und brach ein Schweigen, das fast zwei Minuten gedauert hatte.

»Wissen Sie noch, was Sie mir einmal gesagt haben? ›Leute dieses Schlages sitzen am Anfang wegen ihrer Herkunft immer am längeren Hebel. Und solange wir ihnen nichts nachweisen können, werden sie ihn auch nicht aus der Hand geben.‹«

»Geschworene schenken meist dem Polizeibeamten mehr Glauben.«

»Das war früher so, als die Öffentlichkeit ihre Bobbies liebte. Heute ist der Lack ab, und man zweifelt an

ihrem Wort, wo man kann. Gut, nehmen wir einmal an, daß die Jury Ihnen glaubt. Aber was wird der Detective Inspector sagen?«
»Was soll er denn damit zu tun haben?«
»Denken Sie doch einmal klar. Vielleicht haben Sie Glück, und der Fall kommt erst gar nicht vor Gericht, doch wenn dieses Biest sich beschwert, gibt es ein Disziplinarverfahren ... Und Detective Inspector Fawcus ist so darauf bedacht, seine Leute nicht zu bevorzugen, daß man praktisch ein Heiliger sein muß, um ihm glaubwürdig zu erscheinen.«
»Sie sind mir ein großer Trost«, bemerkte O'Connor.
Ich bin ein Realist, dachte Brent.
Nun entstand wieder ein längeres Schweigen, das sie erst brachen, als sie ihr Dienstgebäude schon fast erreicht hatten. »Was war in diesem Beutel, den Sie ihm zusteckten – Mehl?«
»Nein. Kokain.«
»Himmel noch mal!« Der Wagen kam von der Spur ab, und Brent mußte hastig gegensteuern. Ein entgegenkommender Fahrer hupte. »Wo haben Sie das her?«
»Aus der Asservatenkammer. Ich wußte, daß in letzter Zeit Drogen sichergestellt worden waren und daß sie noch auf Eis lagen. Ich dachte mir, wenn du Hawsley die echte Ware unter die Nase hältst – er würde sie bestimmt erkennen –, packt er aus. Aber das war gar nicht notwendig. Sowie er den Beutel berührt hatte, bekam er solche Angst, daß er mir alles verraten hätte – wäre nur dieses verdammte Weib nicht dazugekommen.«
»Wenn Sie in der Asservatenkammer waren, müssen Sie sich dort eingetragen haben. Wer feststellen will, welche Partei lügt, wird zuallererst ins Buch schauen. Und wenn Ihr Name dort steht, braucht man keinen Computer, um zwei und zwei zu addieren.«

»Ich habe mich aber nicht eingetragen.«
»Wieso nicht?«
»Weil der junge Kollege vom Dienst sich nicht die Mühe machte.«
»Dann danken Sie Ihrem Glücksstern für diese Schlamperei, und jammern Sie nie mehr über die junge Generation.«
Vor der Einfahrt mußten sie auf den Gegenverkehr warten, ehe sie abbiegen konnten. Brent parkte neben seinem Escort. »Ich habe mir Gedanken gemacht. Nur das Beste zu hoffen genügt nicht. Wir müssen davon ausgehen, daß die Hawsley einen Riesenstunk macht – vorausgesetzt, sie belasten dabei ihren miesen Mann nicht. In dem dann unweigerlich folgenden Ermittlungsverfahren wird man unweigerlich prüfen, ob Sie möglicherweise den Beutel aus der Kassette gestohlen haben. Die Tatsache allein, daß Ihr Name nicht im Buch steht, wird nicht genügen; man wird den Kollegen, der damals Dienst hatte, befragen. Und wenn man Druck auf ihn ausübt, ist es gut möglich, daß er sich an Ihren Besuch erinnert, weil er nicht der Mittäterschaft bezichtigt werden will. Wenn man sicher ist, daß Sie, ohne sich einzutragen, die Kassette geöffnet haben, sitzen Sie in der Patsche. Sie müssen also rasch handeln und Ihre Spuren verwischen.«
»Und wie? Nachträglich kann ich mich nicht eintragen, denn auf der Seite im Buch wird alle vierundzwanzig Stunden ein Schlußstrich gezogen.«
»Verschneiden Sie das Pulver, und füllen Sie einen zweiten Beutel, der aussieht wie der erste. Legen Sie einen zurück auf den Stoß, von dem Sie ihn nahmen. Den zweiten legen Sie daneben mit dem Vermerk, er stamme aus Hawsleys Tasche. Der Angriff ist die beste Verteidigung.«
Brent öffnete die Wagentür und stieg aus. Er hoffte

nur, daß es ihm gelungen war, den Sergeant vor den Konsequenzen seiner überentwickelten Einbildungskraft und seiner übertriebenen Sorge um das Gemeinwohl bewahrt zu haben.

Pam begrüßte ihren Mann in der Diele und schaute ihm dann ins Gesicht. »Stimmt was nicht, Schatz?«
Er schüttelte den Kopf.
»Bist du sicher?«
»Selbstverständlich.«
»Du kommst mir aber besorgt vor.«
Er versuchte, das mit einem Scherz abzutun. »So sehe ich aus, wenn ich entspannt bin.«
Sie ignorierte seine Antwort. »Ist im Dienst etwas passiert?«
»Habe ich nicht gerade gesagt, daß alles in Ordnung ist?«
»Schon, aber ... Vielleicht bist du zu müde. Ich habe einen Fleischeintopf gemacht. Hoffentlich ist das Wetter nicht zu warm für so ein herzhaftes Gericht. Liz schaute mir beim Kochen zu und meinte, es sei Unsinn, mitten im Sommer so etwas zu servieren.«
»Dann setze ihr Margarinebrot vor und warte ab, ob sie deinen Eintopf immer noch unsinnig findet. Alles klar mit den beiden?«
»Warum fragst du?«
»Ist das so absonderlich?«
»Du hast es so komisch gesagt ... Beinahe, als hättest du Angst, es könnte ihnen etwas passiert sein.«
»Es kann immer etwas passieren.« Das kam viel ernster heraus, als er vorgehabt hatte.
»Du machst dir Sorgen wegen der Sache mit Paul, nicht wahr? Unsere Kinder würden so etwas nie tun.«
»Von Paul hättest du das bis gestern auch gesagt.«
Das konnte Pam nicht bestreiten.

»Wir haben getan, was wir konnten«, meinte er ernst. »Nun liegt die Entscheidung bei ihnen.«
»Unsere Kinder können Recht von Unrecht unterscheiden, Hugh.«
»Dann sind sie gut dran.« Doch er erkannte, daß diese Bemerkung ein großer Fehler gewesen war, denn sie musterte ihn nun wieder besorgt.
»Ich wollte sagen, sie sind gut dran, weil sie deine Anleitung haben.« Eine etwas lahme Erklärung, fand er, sie schien zufrieden zu sein. »Sag mal, haben wir Milchpulver im Haus?«
Der jähe Themawechsel überraschte sie. »Ja, ich benutze es, wenn ich Joghurt ansetze. Die Milch aus dem Laden geht manchmal nicht an; ich frage mich, ob die Hersteller da etwas absichtlich ändern, damit man das Joghurt kaufen muß.«
»Eine urkapitalistische Idee. Wo ist es?«
»In einer Dose im mittleren Küchenschrank. Was hast du damit vor?«
»Ich will es in meinen Kaffee auf der Wache mischen; vielleicht schmeckt er dann weniger abscheulich.«
»Soll ich dir nicht lieber eine Thermosflasche mitgeben?«
»Pam, du hast auch so schon genug zu tun.« Er ging in die Küche. Sie folgte und zeigte ihm, wo das Milchpulver stand. Um seiner Geschichte Glaubwürdigkeit zu verleihen, fragte er sie, wieviel Pulver er in eine Tasse geben sollte, und gab dann vier Teelöffel voll in eine Plastiktüte. Dann erklärte er, er habe noch etwas zu erledigen, und sie solle ihn bitte rufen, wenn das Essen fertig sei.
Er ging in den ersten Stock. Aus Harrys Zimmer drang ein dumpfes Hämmern – O'Connor konnte der modernen Rockmusik keinen Geschmack abgewinnen –, und Liz schnatterte in ihrem Zimmer mit einer Freundin. Er

ging ins Elternschlafzimmer und an den kleinen Tisch, an dem er gelegentlich arbeitete. Nun nahm er die Plastiktüte mit dem Milchpulver und das kleine Beutelchen Kokain aus der Tasche. Mit einer Rasierklinge schlitzte er eine Ecke des Beutels auf und schüttete seinen Inhalt auf ein Stück Glanzpapier. Er starrte das kleine, schmutzigweiße Häufchen an. Unglaublich, daß etwas so harmlos Wirkendes eine so teuflische Macht ausüben konnte.

Mit der Rasierklinge trennte er das Häufchen in zwei gleich große Hälften und fügte dann beiden jeweils die gleiche Menge Milchpulver hinzu. Mit Hilfe der Klinge und einer Tube Klebstoff stellte er ein zweites Beutelchen her und füllte dann beide mit dem nun zweimal verschnittenen Kokain. Er versiegelte sie und steckte sie dann in zwei neue Briefumschläge.

Das Glanzpapier trug er in die Toilette, wo er es zerriß und in die Toilette spülte. Die Klinge wusch er mit Wasser und Seife und steckte sie zurück in den Spender, den er dann unten in die Mülltonne warf, die am nächsten Tag geleert werden sollte.

»Bist du mit deiner Arbeit fertig?« fragte Pam.

»Alles erledigt. Nun muß ich nur noch nach dem Abendessen ganz kurz auf die Wache.«

Sie reagierte ungehalten. »Hugh, du sollst dich entspannen und nicht schon wieder dorthin rennen.«

»Tut mir leid, aber es geht nicht anders. Dauert höchstens zehn Minuten.«

Die Asservatenkammer war abgeschlossen. O'Connor ging hoch ins Erdgeschoß und in den Schalterraum, wo gerade kein Publikumsverkehr herrschte. Ein Sergeant und ein Constable vom Dienst unterhielten sich mit zwei Beamten in Uniform. »Wer ist für die Asservatenkammer verantwortlich?«

»Ich wohl«, erwiderte der Constable vom Dienst zögernd.
»Würden Sie dann bitte aufschließen?«
»Machen Sie denn nie Feierabend?« Er suchte unter dem Schalter nach dem Schlüssel und richtete sich wieder auf. »Wollen Sie an die Kassette?«
»Ja.«
»Dann brauchen Sie noch einen Schlüssel.«
»Gut gedacht. Die Prüfung zum Sergeant bestehen Sie bestimmt.«
»Dazu ist er viel zu helle«, meinte ein anderer Constable.
Der Constable vom Dienst ging voran zur Asservatenkammer, schloß sie auf und trat dann zur Seite, um O'Connor eintreten zu lassen. »Vergessen Sie nicht, sich einzutragen«, erinnerte er.
»Wo liegt das Buch?«
»Rechts von Ihnen.«
O'Connor trug Namen, Rang und Zeit ein und setzte seine Unterschrift daneben. »Wo ist das Buch für die Kassette?«
»Irgendwo auf dem Tisch. Da habe ich es zumindest zuletzt gesehen.«
Es lag unter einem Stoß Akten. Er schrieb den Grund für den Zugang ein – Deponieren eines Beutels unbestimmten Inhalts aus dem Besitz des Mr. A. Hawsley. Er ging zum Ende des Raums, öffnete die Kassette und schob die rechte Hand in die Jackentasche. »Ruft da jemand?« Die Frage lenkte den Constable ab, und O'Connor nutzte die Gelegenheit, beide Beutel aus der Tasche zu holen und in die Kassette zu legen – einen auf den höheren der beiden Stöße, einen für sich allein daneben.
»Ich höre nichts«, meinte der Constable.
O'Connor, der nun einen zusammengeknüllten Um-

schlag in der Faust hatte, machte die Tür zu und schloß sie ab. »Muß mein Tinnitus gewesen sein.«
»Wie bitte?«
»Ohrenklingen, meist altersbedingt.«
Der Constable war noch jung genug, um sich über Altersbeschwerden zu amüsieren. »Und was erklang gerade? Die Glocken von St. Clement?«

10

Susan leerte den Rest der Flasche Nuits St. Georges in ihre beiden Gläser. »Mach bloß niemandem vor, daß du so etwas wie eine anregende Gesellschaft bist. Du starrst jetzt seit zehn Minuten ins Leere.«
»Ich dachte an Hugh«, erwiderte Brent. »Er hat ein Problem.«
»Na und? Hat der denn etwas anderes als Probleme?«
»Sein Problem ist, daß er sich zu sehr ums Gemeinwohl sorgt.«
»Wie öde.«
»Du solltest dankbar sein, daß es solche Menschen gibt.«
Sie lächelte schwach. »Leidest du öfter unter dem Weltverbesserer-Syndrom?«
»Das will ich doch hoffen ... Du magst Hugh nicht besonders, stimmt's?«
Sie steckte eine Zigarette in eine lange Spitze aus Jade – eine neue Angewohnheit – und zündete sie an. »Er ist bestimmt ein ehrenwerter Mann.«
»Und damit in deinen Augen ein Spießer.«
»Du bist heute ziemlich aggressiv. Vielleicht hast du zuviel Steak gegessen ... Ehrenwerte Männer sind langweilig. Als wir bei Hugh zum Essen eingeladen

waren, redete er den ganzen Abend nur von den ungerechten Vergabepraktiken des Wohnungsamts. Nicht gerade das Thema für eine geistsprühende Konversation.«

»Aber sehr interessant für jene, die kein Dach überm Kopf finden können.«

»Weißt du, was bei dir nicht stimmt? Im Grunde deines Herzens bist du ein Puritaner. Dein Gewissen redet dir ein, daß es nicht recht ist, sich zu amüsieren, und du suchst dann verzweifelt nach einem Vorwand, dir selbst den Spaß zu verderben. Suchst du möglicherweise nach einem Anlaß, mich abzuschieben?«

»Diesen Unsinn redest du nur, um mich zu ärgern.«

»Das tue ich nur, weil es dich aus der Reserve lockt, und das finde ich sexy. Es stimmt aber wirklich, daß du dich unbehaglich zu fühlen beginnst, wenn du das Leben zu sehr genießt . . . Soll ich dir ein kleines Geheimnis verraten? Wenn ich jemals das Gefühl habe, daß du mich loswerden willst, serviere ich dich vorher ab.«

»Um dein Selbstwertgefühl zu wahren.«

»Na also! Langsam versteht er mich. Komm, machen wir noch eine Flasche auf und trinken auf unsere hellen Köpfchen.«

Brent kam zehn Minuten zu spät zum Dienst, was nicht ungewöhnlich war. Er parkte sein Auto, stieg aus, schloß es ab und ging aufs Gebäude zu.

»Jim!«

Brent drehte sich um und suchte nach seinem Sergeant.

»Hier drüben.«

Er sah O'Connor am Steuer seines Wagens sitzen und ging zu ihm.

»Steigen Sie ein.«

Brent öffnete die Tür und setzte sich auf den Beifahrersitz.

»Wissen Sie, was passiert ist?«
»Nein. Ich bin ja gerade erst gekommen.«
»Die Anwaltssozietät Becker und Lampson hat gleich heute früh formell Beschwerde eingelegt.« Das sind die führenden Anwälte in Seetonhurst, die sich sonst meist auf Zivilsachen beschränken. Aber ein Partner war ein ehemaliger Strafverteidiger und für seinen aggressiven Stil bekannt.
»Damit war zu rechnen.«
»Gewiß, aber Sie haben bestimmt nicht erwartet, daß Mrs. Hawsley behauptet, die ganze Zeit über im Haus gewesen zu sein und gesehen zu haben, wie ich versuchte, ihrem Mann den Beutel zuzustecken.«
»Aber ...« Brent lachte.
»Was ist daran so komisch?« fragt O'Connor erbost.
»Ist doch sonnenklar. Sie lügen, und nun will die Frau Gleiches mit Gleichem vergelten.«
»Und das finden Sie zum Lachen?«
»Nein, natürlich nicht. Ich wollte nur sagen –«
»Wenn beide auf ihrer Aussage beharren, habe ich keine Chance. Ich bin erledigt.«
Das konnte Brent nicht bestreiten. »Hat der Chef schon etwas gesagt?«
»Nein, ich war noch nicht in meinem Zimmer. Als ich ins Haus kam, traf ich Sid, und der sagte es mir. Jim, was soll ich nur machen? Gegen die beiden komme ich nicht an. Ich werde dann für schuldig befunden und rausgeworfen.«
Von der unvermeidlichen Freiheitsstrafe ganz zu schweigen, dachte Brent.
»Ich verliere dann meine Pension. Wie soll ich meine Familie ernähren? Und was soll sie von mir denken? Und wie wird es meinen Kindern erst ergehen? Ich kann den Sprechchor schon hören: ›Dein Vater sitzt im Knast, dein Vater sitzt im Knast.‹ Und die Nachbarn

werden Pam schneiden. Die Hypothek ist längst noch nicht abgetragen, und wenn ich sie nicht mehr aufbringen kann, versteigert die Bank mein Haus. Wo sollen Pam und die Kinder dann wohnen? Die Wohnung ihrer Mutter ist zu eng, und mein Vater ist im Altersheim. Mein Gott, Jim, was soll ich nur anfangen?«
Diese Frage war Brent schon oft gestellt worden. Viele Menschen reagierten total verwirrt, wenn sie erfuhren, daß sie die Konsequenzen ihrer Verbrechen zu tragen hatten. Nun aber kam diese Frage zum ersten Mal von einem Mann, der eine Straftat nicht zu seinem Vorteil begangen hatte. Brent hatte die O'Connors oft um ihr harmonisches Familienleben beneidet. Susan verspottete sie, weil sie so kleinbürgerlich waren; aber er sah darin ihre Stärke.
»Ich ... ich weiß nicht, was ich machen soll.« O'Connor klang erstickt.
Brent war eine Spielernatur, doch kein eiskalter Mensch, der seine Chancen abschätzt und nur etwas riskiert, wenn sie günstig sind, eher ein Vabanquespieler, der spontan und aus dem Gefühl heraus alles auf eine Karte setzt. »Es wird also rundum gelogen. Warum mache ich dann nicht einfach mit?«
»Wie meinen Sie das?«
»Am Anfang stand es Aussage gegen Aussage, also eins zu eins. Dank Mrs. Hawsley steht es nun zwei zu eins. Lassen Sie mich den Ausgleich zum 2:2 schaffen.«

Detective Inspector Fawcus setzte die Lesebrille ab und legte sie auf den Schreibtisch. »Sie bestätigen, was in diesem Protokoll steht?« Er tippte auf einen Bogen.
»Jawohl, Sir«, erwiderte Brent.
»Ist Ihnen klar, daß Sie damit Mrs. Hawsley der Lüge bezichtigen?«

»Ja.«
Fawcus kratzte sich am Hals. »Setzen Sie sich.« Er drehte sich um und starrte aus dem Fenster. Im Profil wirkte sein Gesicht streng; ein Hinweis, daß er menschliche Schwächen nur selten als Entschuldigung oder gültige Erklärung akzeptierte. »Die gesellschaftliche Stellung der Hawsleys ist Ihnen bekannt?«
»Ja.«
»Solche Leute pflegen nicht zu lügen oder falsche Anschuldigungen zu erheben.«
»Nur, weil sie selten dazu gezwungen sind.«
»Beneiden Sie sie etwa?«
»Mag sein. Aber nur um ihre materielle Sicherheit. Als Menschen sind sie mir schnuppe.«
»Sie mißgönnen ihnen also ihren Reichtum.«
»Verzeihen Sie, aber ich verstehe den Sinn der Frage nicht.«
»Was ich sagen will: Ich halte Sie für einen Narren und versuche nur, hinter Ihr Motiv zu kommen. Haben Sie falsche Vorstellungen von Solidarität zwischen Freunden oder nur irrationale, von Neid geprägte Ressentiments gegen die Hawsleys?«
»Wohl kaum.«
»Kein Polizeibeamter ist gezwungen, seine politischen Überzeugungen abzulegen, aber jeder Beamte hat sie zu Hause zu lassen. Es ist unsere Pflicht, unvoreingenommen zu ermitteln, ob es sich nun um einen nach Fusel stinkenden Obdachlosen handelt oder um einen vom Aroma einer Havanna umgebenen Millionär.«
»Im Umgang mit der ersten Kategorie haben wir mehr Erfahrung.«
»Sie müssen noch lernen, daß Schweigen sich manchmal auszahlt.«
»Da haben Sie wohl recht, Sir.«
»Ich habe mir Ihre Personalakte angesehen. Sie könn-

ten das Zeug zu einem gehobenen Posten haben, wenn es Ihnen nur gelänge, das zu entwickeln, was ich als distanzierte Akzeptanz bezeichne. Verstehen Sie, was ich meine?«
»Ich glaube schon.«
»Dann möchte ich es klarlegen, nur für den Fall, daß Sie mich mißverstehen wollen. Sie müssen lernen, daß es Ihre Aufgabe ist, dem Gesetz zum Sieg zu verhelfen und nicht der Gerechtigkeit.«
»Ist das nicht ein und dasselbe?«
»Seien Sie doch nicht so naiv. Sie wissen genau, daß das manchmal leider nicht der Fall ist.«
»Und was tut man dann?«
»Unsere Pflicht steht fest. Wir dienen dem Gesetz. Es ist die Aufgabe der Politiker, es gegebenenfalls im Interesse der Gerechtigkeit zu ändern. Möchten Sie angesichts dessen, was ich gerade gesagt habe, Ihr Protokoll ändern?«
»Nein, Sir.«
»Es ist also in allen Punkten korrekt?«
»Jawohl, Sir.«
Fawcus setzte die Brille auf, nahm das Blatt Papier und las. Dann schaute er Brent über seine Brillengläser hinweg an. »Sie sind also Detective Sergeant O'Connor von dem Augenblick an, in dem er das Haus betrat, nicht von der Seite gewichen?«
»Das ist richtig, Sir.«
»Und Mrs. Hawsley war anfangs nicht anwesend?«
»Sie traf erst ein, als der Sergeant den Beutel bereits gefunden hatte.«
»Durch ihren Anwalt erklärt sie kategorisch, während der gesamten Vernehmung zugegen gewesen zu sein. Sie aber seien nicht im Haus gewesen, als das Kokain angeblich gefunden wurde.«
»Sie lügt.«

»Und wenn sie nicht lügt, sagen Sie die Unwahrheit.«
»Warum sollte ich das tun?«
»Wie ich höre, sind Sie mit Sergeant O'Connor befreundet.«
»Als Polizeibeamter würde ich nie einen Konflikt zwischen persönlichen Gefühlen und meiner Pflicht zulassen.«
»Unverschämtheit bringt Sie nicht weiter. Wo wurde das Pulver gefunden?«
»In Mr. Hawsleys rechter Jackentasche.«
»Ist es nicht etwas seltsam, daß Mr. Hawsley mit einer Leibesvisitation einverstanden war, wenn er wußte, was er bei sich trug?«
»Der Mann hatte solches Muffensausen, daß er es offenbar vergaß.«
»Und kann ein Mann mit, wie Sie sich ausdrücken, Muffensausen eine gültige Einwilligung zu einer Leibesvisitation geben?«
»Er tat das.«
»Mrs. Hawsley schwört, ihr Mann sei nicht süchtig und sei es auch nie gewesen. Nehmen wir einmal an, er ist sauber. Warum sollte er dann einen einzigen Beutel mit sich herumtragen?«
»Vielleicht war es eine Probe, um die Qualität seiner Ware zu demonstrieren.«
»Welche Dummheit, welches Risiko! Er war doch zu Hause und hatte bestimmt keinen Handel vor.«
»Nun, ein Profi ist er nicht gerade.«
»Genau. Er ist das exakte Gegenteil dessen, was man sich unter einem Drogenhändler vorstellt. Liegen Beweise vor, daß er irgend etwas mit Drogen zu tun hat?«
»Ein Informant gab uns einen Tip und wurde daraufhin ermordet.«
»Solange nicht bewiesen ist, daß er wegen des Tips ermordet wurde, steht überhaupt nichts fest.«

»Die Frau, mit der er sich im Pub traf, wurde wegen Rauschgifthandels verurteilt.«
»Ihrem Strafregister zufolge aber auch wegen Prostitution. Woher wissen Sie, welche der beiden Beschäftigungen Hawsley attraktiv fand?«
»Ihrem Aussehen nach zu urteilen muß es der Drogenhandel gewesen sein.«
»Wenn Sie mehr Erfahrungen gesammelt haben, werden Sie erkennen, daß das ein Fehlschluß ist.«
Auch O'Connor hatte sich so ausgedrückt. »Nun, abgesehen von dem Pulver, das er bei sich trug, gibt es wohl kaum einen haltbaren Beweis, daß er in Rauschgiftgeschäfte verwickelt ist.«
»Falsch. Es gibt überhaupt keinen Beweis.«
»Aber ich wette, daß er zu reden anfängt und sich selbst belastet, wenn er sich einer langen Haftstrafe wegen Drogenbesitzes konfrontiert sieht.«
»Was uns zurück zum ursprünglichen Thema bringt. Wenn Sergeant O'Connor so dumm war, Hawsley die Droge zuzustecken, wird er wegen dieser Straftat vor Gericht gestellt werden. Und wer ihm wissentlich Beihilfe geleistet hat, wird ebenfalls zur Rechenschaft gezogen. Sein Motiv kann sich nicht schuldmindernd auswirken und höchstens eine Auswirkung auf das Strafmaß haben. Haben Sie das verstanden?«
»Jawohl, Sir.«
»Ein hoher Beamter von einer anderen Abteilung wird ein umfassendes Ermittlungsverfahren beginnen. Solange es läuft, und bis sein Ergebnis bekannt ist, bleibt mir nichts anderes übrig, als Sie und Sergeant O'Connor vom Dienst zu suspendieren. Ihr Gehalt wird weitergezahlt. So, das wäre alles.«
Brent ging zur Tür, öffnete sie halb und hielt dann inne. »Nur eines hätte ich gerne noch gewußt.«
»Und das wäre?«

»Hat das Wort eines armen Constable nur halb soviel Gewicht wie das eines reichen Mannes? Oder sogar weniger?«
»Machen Sie, daß Sie verschwinden!« versetzte Fawcus ärgerlich.

11

Als Brent Grangeway betrat, klingelte gerade das Telefon. Er eilte durch die Halle und nahm den Hörer ab.
»Wo stecken Sie?« fragte O'Connor bang. »Ich versuche seit Stunden, Sie zu erreichen.«
»Ich war beim Chef, und der ließ mich schmoren.«
»Was sagte er denn?«
»Er verdammte meine politischen Überzeugungen, stieß sich an meinen Manieren, hieß mich einen Lügner und suspendierte mich vom Dienst. Ansonsten war er recht freundlich.«
»Sie nahmen also nichts zurück?«
»Halten Sie mich für jemanden, der nur in guten Zeiten zu einem Freund hält?«
»Tut mir leid, Jim ... Aber ich drehe hier bald durch, warte und warte und weiß doch genau, daß ich erledigt bin, wenn Sie Ihre Aussage widerrufen – dann verliere ich alles, das Haus, meine Stelle, die Pension ...«
Brent reagierte wider Willen mit Verachtung auf O'Connors Selbstmitleid. »Habe ich nicht versprochen, zu Ihnen zu stehen?«
»Ja, ich weiß, aber ... Hat der Chef Ihnen geglaubt?«
»Wie ich schon sagte, hieß er mich einen Lügner.«
»Und was soll jetzt werden?«
»Ein hohes Tier von einer anderen Abteilung kommt und führt die Ermittlung.«

»Und was können wir tun?«
»Wir bleiben bis zum letzten Komma bei unserer Version; dann steht unsere Aussage gegen die der Hawsleys. Der ermittelnde Beamte kann dann glauben, was er will, aber wenn es ihm nicht gelingt, uns etwas nachzuweisen, bleibt ihm nichts anderes übrig, als uns freizusprechen, und dann werden wir wieder eingestellt. Solange niemand gefälschte Beweise gegen uns beibringt, kann uns nichts passieren.«
»Wer sollte so etwas tun?«
»Langsam, langsam, das ist doch nur eine Vermutung. Sollte ein Witz sein.«
Nun entstand eine Pause. »Wie können Sie über so etwas Witze machen?« fragte O'Connor dann ärgerlich.
»Damit lenke ich mich nur von der Frage ab, wie einfach es wohl ist, jemandem die Gurgel durchzuschneiden.«
»Dann bezweifeln Sie also doch, daß wir ungeschoren davonkommen?«
»Für mich steht nur eines fest: Der Chef hat recht, ich rede wirklich zuviel. Passen Sie auf, wenn wir zusammenhalten, nicht in Panik geraten und bei den Vernehmungen nicht auf Tricks hereinfallen, werden wir persilweiß aus der ganzen Sache herauskommen.«
»Ja, hoffentlich . . .«, meinte O'Connor. »Ich habe Pam noch nichts davon gesagt, sondern ihr vorgemacht, ich hätte ein paar freie Tage herausgeschunden und sei deshalb zu Hause. Aber irgendwann muß ich ihr reinen Wein einschenken, und dann wird sie sich entsetzliche Sorgen machen und . . .«
Brent schaltete ab. Die Furcht vor den möglichen Konsequenzen seiner von seinem Gewissen motivierten Tat hatte aus dem standhaften Sergeant ein wimmerndes Häufchen Unglück gemacht.
Ironischerweise war es das Schweigen, das Brents

Aufmerksamkeit wieder zu dem Gespräch zurücklenkte. Er sagte in die Stille: »Und noch etwas: Nach dem Vorfall in der Abteilung D vor drei Monaten möchte sich die Polizei nicht wieder mit einem Skandal auseinandersetzen müssen. Wenn der ermittelnde Beamte die Einstellung des Verfahrens für gerechtfertigt hält, wird er die Gelegenheit auch ergreifen.«
Brent verabschiedete sich und legte auf. Was er gesagt hatte, basierte teils auf Fakten und teils auf Wunschdenken. Es war durchaus möglich, daß der ermittelnde Beamte ein Mann wie Detective Inspector Fawcus war, der die Wahrheit ohne Rücksicht auf die Konsequenzen verfolgte ... Brent ging in die Speisekammer und mixte sich einen Gin und Tonic. Als er die Tonicflasche zuschraubte, hörte er einen Schlüssel in der Haustür. »Jim, wo bist du?« rief Susan.
Er ging zurück in die Halle. Sie war in einer ihrer eleganten Phasen, war am Vortag bei der Kosmetikerin und heute vormittag beim Friseur gewesen und trug nun einen neuen Mantel, der mehr gekostet haben mußte, als er im ganzen Jahr verdiente. »Du siehst zum Fressen aus.«
»Nur Naschen erlaubt; Kannibalismus ist viel zu permanent in seinen Auswirkungen. Und was tust du um diese Tageszeit hier? Säufst du dir einen an?«
»Klar, was sonst?«
»Hat dir deine Mutter nicht beigebracht, daß es unfein ist, sich allein zu betrinken?«
»Sie wußte noch nicht einmal, daß so etwas überhaupt möglich ist. Und wie kann ich dich auf den Weg zur ewigen Verdammnis bringen?«
»Wenn das Gin und Tonic ist, was du da gerade in der Hand hast, will ich auch einen. Besser noch, gib mir dein Glas und hol dir ein frisches.«
Er füllte ein zweites Glas und brachte es ins Wohnzim-

mer. Sie saß mit untergeschlagenen Beinen auf der Couch und zeigte viel Bein. »Du Lustmolch«, meinte sie, als sie seine Miene sah.
»Ist das ein Wunder?«
»Ich hoffe doch nicht. Was glaubst du, warum ich Stunden beim Friseur gehockt habe?«
»Meinetwegen hast du das bestimmt nicht getan.«
»Frecher Kerl! Sag mal, warum bist du eigentlich hier und nicht bei deiner langweiligen Arbeit?«
»Ich bin suspendiert worden.«
»Von was?«
»Vom Dienst natürlich.«
»Hat man dich etwa rausgeschmissen?«
»Jemand hat sich über mich beschwert, und solange das Ermittlungsverfahren läuft, darf ich keinen Dienst tun.«
»Diese Schweine!«
Ihre Vehemenz überraschte ihn.
»Und du sitzt da und läßt dir das einfach bieten? Rufe Thompson an und sage ihm, er soll denen die Hölle heiß machen.«
»Wer ist Thompson?«
»Chris' Anwalt in London. Chris sagt, er sei so gewieft, daß er sein Stundenhonorar von hundert oder zweihundert Pfund tatsächlich wert ist.«
»Ein Vermögen!«
»Na und? Chris läßt einfach eine seiner Firmen das Honorar übernehmen.«
»Verzeih meine Naivität.«
»Also rufe jetzt gleich Thompson an. Seine Nummer ist in meinem Buch auf dem Telefontisch.«
Brent blieb sitzen. »Ich glaube, das lasse ich lieber.«
»Warum?«
»Im Augenblick sollten wir die Dinge ihren Gang nehmen lassen.«

Sie zuckte die Achseln.
Er trank langsam. Schuldgefühle, auf deren Grund Susan mit Verachtung reagiert haben würde, begannen zu nagen. O'Connor war wegen der Suspendierung wie am Boden zerstört, doch ihm selbst machte sie eigentlich wenig aus, denn er sah sich in einer relativ privilegierten Lage. Wenn O'Connor und er entlassen wurden – ihre Strafe, wenn im Disziplinarverfahren gegen sie entschieden wurde, auch wenn die Beweise für ein ordentliches Gerichtsverfahren nicht ausreichten –, stand O'Connor ohne Einkommen, ohne Pension und mit nur geringen Aussichten auf eine neue Stelle da. Er aber, Brent, brauchte sich keine Sorgen machen, denn er konnte bei Susan wohnen, bis ihr Vater ihm einen besser bezahlten Job besorgt hatte ...
Sie steckte sich eine neue Zigarette an. Er sah die lange Spitze und konnte sich Susan als vergnügungssüchtige junge Frau in den zwanziger Jahren vorstellen, die nur einer Wette wegen nackt durch London fuhr und die Straßenmusikanten, die nicht besonders gut spielten, weil sie ihr Instrument in den Schützengräben gelernt hatten, überhaupt nicht wahrnahm.
»Warum guckst du eigentlich wie der liebe Gott, wenn er sich den Zeh angestoßen hat?« fragte sie.
»Mir ging gerade auf, daß du wie ein Vamp aus den Zwanzigern aussiehst.«
»Fiesling! Hast du denn überhaupt keinen Sinn für Stil? Besorge mir noch einen Drink.« Sie hielt ihm ihr Glas hin. »Und warum bist du suspendiert worden?«
»Hugh und ich werden der versuchten Rechtsbeugung beschuldigt«, erwiderte er und griff nach ihrem Glas.
»Hugh? Der ist viel zu steifleinen, um an so etwas auch nur zu denken.«

»Er hat seine verborgenen Seiten.«
»Zu obskur für unsereinen. Und was soll jetzt passieren?«
»Es gibt ein internes Ermittlungsverfahren, und wenn das Beweise zutage fördert, werden wir angeklagt.«
»Wie ganz gewöhnliche Kriminelle?«
»Zu denen wir im Fall unserer Verurteilung auch werden.«
»Das können sie mit euch doch nicht machen!«
»Nur keine Panik bei der Frage, was die modebewußte Frau trägt, wenn sie ihren Freund im Gefängnis besucht. Wenn Hugh die Nerven nicht verliert, kommen wir ungeschoren davon.«
»Das Ganze ist seine Schuld, nicht wahr?«
»Wie kommst du darauf?«
»Weil ich ganz sicher bin, daß er Mist gebaut hat und daß du ihm unnötigerweise beistehst.«
Sie überraschte ihn nicht zum ersten Mal mit der Schärfe ihrer Intuition. »Er ist mein Freund.«
»Und diese Tatsache ist das Risiko einer Gefängnisstrafe wert?«
»Selbstverständlich. Gibt es denn eine Alternative?«
»Als ausgereifte Persönlichkeit sehe ich das anders.«
»Wie auch immer, das Ganze wird im Sand verlaufen. Mach dir also nicht ins Hemd.«
»Meinst du, ich hätte mir ins Hemd gemacht?«
»Wie soll ich das wissen?«
»Kannst ja mal nachsehen.«

12

Die Akten, Aktenschränke und selten benutzten Nachschlagewerke, die in dem Zimmer neben dem Büro des Detective Inspectors gelagert hatten, waren entfernt und durch einen Schreibtisch, zwei Sessel und eine verstellbare Arbeitslampe ersetzt worden, die so alt war, daß sie sich manchmal von allein verstellte. In den kleinen Messingrahmen in der Tür hatte man eine Karte geschoben, auf der »Ermittelnder Beamter, Dienststrafverfahren«, stand. Die Entfernung und Vernichtung dieser Karte war Detective Chief Superintendent Jennings' erste Amtshandlung.

Seinem Aussehen nach war er ein umgänglicher Mann, der sich viel im Freien aufhielt; man konnte sich vorstellen, wie er sich auf ein Weidegatter stützte und seinen Schweinen beim Wühlen nach Eicheln zusah. Nur seine Augen verrieten, daß er kein gutmütiger Farmer war; sie waren hellblau und blickten meist hart und fragend.

Jennings war, um es altmodisch zu sagen, auf einem steinigen Pfad nach oben gekommen. Den Vater verlor er, als er erst wenige Monate alt war, seine Mutter hatte alles andere als eine robuste Gesundheit und konnte deshalb nicht ganztags arbeiten, außerdem hatte er noch zwei Schwestern und einen Bruder. Das Geld war immer sehr knapp gewesen, und die Familie wohnte in einem Viertel, in dem man, verschwand mal ein Mensch für eine gewisse Zeit, immer automatisch annahm, daß er im Gefängnis gelandet war. Aus dem Heranwachsenden hätte leicht ein abgebrühter Junge am Startpunkt einer kriminellen Karriere werden können, doch er hatte das Glück gehabt, in einem Polizeibeamten, der die Verbrechensverhütung wichtiger fand als die Verbrechensbekämpfung, einen väterlichen Freund zu finden. Constable Appleby war gütig, aber prinzipienfest, bedächtig und ohne großen Ehrgeiz und hatte ihm Respekt vor den Rechten des Individuums eingeimpft, zusammen mit der Erkenntnis, daß es zwischen Schwarz und Weiß eine Unzahl von Grautönen gibt. Jennings und Fawcus mußten also feststellen, daß sie nur wenig gemeinsam hatten. Jennings ging auch über die Dienstvorschriften hinaus, wenn er sich etwas davon versprach, Fawcus hielt sich streng an sie.

»Eine sehr unangenehme Situation, besonders im Hinblick auf die Vorkommnisse in der Abteilung D vor einigen Monaten«, meinte Fawcus, dessen langes, schmales Gesicht gereizt aussah. »Aber auf die Beschwerde hin mußte ich die entsprechenden Maßnahmen ergreifen.«

Jennings hatte sein Jackett ausgezogen, so daß nun seine hellroten Hosenträger sichtbar waren, und spielte mit seinem neuen struppigen Schnauzbart, den seine Frau nicht ausstehen konnte. »Haben Sie weiteres über die Lewis in Erfahrung gebracht?«

»Nein. Wir konnten lediglich bestätigen, daß sie an keinem der Orte, die sie sonst frequentiert, aufgetaucht ist.«

»Dann machen Sie sie ausfindig, und bewegen sie zu der Aussage, daß Hawsley in den Drogenhandel verwickelt ist. Seine Behauptung, der Beutel sei nie in seinem Besitz gewesen, klingt dann längst nicht mehr so glaubwürdig.«

»Aber da der Beutel ihm wahrscheinlich zugesteckt wurde . . .«

»Davon gehen Sie aus?«

»Ja, ich halte das für recht sicher.«

»Sie schenken Hawsley und seiner Frau mehr Glauben als Ihren eigenen Leuten?«

Fawcus wurde rot. »Ich ziehe dabei die Charaktereigenschaften der beiden Beamten in Betracht.«
»Und die wären?«
»Sergeant O'Connor hat die Neigung, sich bei einem Fall emotional zu engagieren.«
»In anderen Worten: Er ist zu sehr darauf erpicht, Verdächtige festzunehmen, von deren Schuld er überzeugt ist?«
»So ist es.«
»Bei einem Polizeibeamten nicht gerade ein schwerwiegender Mangel, würde ich sagen.«
»Er ist versucht, sich außerhalb seines Aufgabenbereiches zu betätigen.«
»Seines Aufgabenbereiches?« wiederholte Jennings genüßlich.
»Ein schlimmerer Mangel wäre auch, wenn er sich versucht fühlte, Beweise zu verfälschen«, setzte Fawcus ärgerlich hinzu.
»Und in diese Versuchung kamen Sie noch nie?«
»Nein, selbstverständlich nicht.«
Jennings kippte seinen Stuhl zurück und hakte die Daumen unter die Hosenträger. »Und Constable Brent?«
»Der geht viel zu lässig an seine Arbeit heran.«
»Muß ein guter Beamter seine Arbeit denn immer todernst nehmen?«
»Meiner Auffassung nach ja. Zudem ist Brent immer bereit, Freundschaft über alle anderen Gebote zu stellen.«
»Er macht mehr den Eindruck, als wäre er ein guter Kollege.«
»Aber nicht immer ein guter Polizeibeamter.«
»Ich wollte, ich könnte meiner Sache so sicher sein, wie Sie es offenbar sind ... Inwieweit haben Sie Hawsley überprüft?«

»Es liegen keine Erkenntnisse vor, die ihn mit der Drogenszene in Verbindung bringen.«
»Haben Sie seinen Hintergrund gründlich durchleuchtet?«
»Nein, so intensiv nicht. Schade nur, daß der Informant des Sergeants ermordet wurde –«
»Was darauf hinweist, daß seine Informationen korrekt waren.«
»Es steht längst nicht fest, daß Wallace sterben mußte, weil er Hawsley verraten hatte.«
»Wenn Sie den Zusammenhang zweifelsfrei beweisen könnten, wäre der Vorwurf gegen Ihre Männer entkräftet.«
»Wenn Sergeant O'Connor tatsächlich versuchte, Hawsley die Droge zuzustecken, ist der Fall ebenso klar.«
»Nehmen wir einmal an, daß er das wirklich getan hat – würden Sie dann nicht wenigstens nach mildernden Umständen suchen?«
Detective Inspector Fawcus blieb stumm.
»Nun, das wäre vorerst einmal alles. Wir setzen nun die Ermittlungen wieder in Gang, machen Maureen Lewis ausfindig und durchleuchten Hawsley gründlich.«
»Das wird viel Personal in Anspruch nehmen. Ich habe auch so schon mehr Arbeit, als ich erledigen kann.«
»Nennen Sie mir einen Mann Ihres Ranges, dem es nicht genauso geht, ich zeige Ihnen dann einen Beamten, der seine Aufgabe nicht ordentlich erledigt.«
»Ich wollte damit nur sagen, Sir, daß der Hintergrund zu Maureen Lewis und diesen Hawsleys nicht in direktem Zusammenhang mit O'Connors versuchter Beweisfälschung und Brents Komplizenschaft steht.«
»Und ich habe versucht, Ihnen klarzumachen, daß die Frage des manipulierten Beweises viel an Bedeutung

verliert, sobald feststeht, daß Hawsley etwas mit Drogen zu tun hat.«
»Meiner Auffassung nach änderte das kaum etwas – vielleicht sogar überhaupt nichts«, meinte Fawcus.
Jennings ließ die Hosenträger gegen seine Brust schnappen, lehnte sich vor, bis sein Stuhl wieder auf allen vier Beinen stand, und stützte die Ellbogen auf den Tisch. »Ich bin mit der Führung der Ermittlungen in diesem Fall beauftragt und der Auffassung, daß die Personen Lewis und Hawsley in diesem Fall von zentraler Bedeutung sind. Sie werden mir deshalb sofort zwei Constables abstellen und diese beiden Beamten, sollte das zu einem späteren Zeitpunkt erforderlich sein, um zwei weitere verstärken.«
Die Miene des Detective Inspectors war zornig und rebellisch, aber er antwortete im Ton eines Mannes, der sich seinem Vorgesetzten immer fügt. »Jawohl, Sir«, sagte er ruhig.

Jennings musterte den Constable, der hereinkam. »Joe Marks?«
»Ja, Sir.«
»Nehmen Sie Platz ... Sie hatten am Dienstag, dem Vierundzwanzigsten, Nachtdienst in der Asservatenkammer?«
»Ja, Sir.«
Jennings schlug eine Akte auf und blätterte sie durch, als müsse er erst etwas suchen. Solche Verzögerungen brachten einen zu Vernehmenden oft aus dem Konzept. »Sind alle den Zugang betreffenden Eintragungen korrekt?«
»Ja, Sir.«
»Es hat kein Beamter den Raum betreten, ohne sich eingetragen zu haben? Lassen Sie sich mit Ihrer Antwort Zeit, und vergessen Sie nicht, daß sie ins Proto-

koll kommt.« Jennings blieb verbindlich, ließ aber durchblicken, daß er ein Versäumnis vermutete.
Dem Gedächtnis des Constables war nachgeholfen worden. Er mochte O'Connor zwar, hatte aber hastig akzeptiert, daß er nun in seinem eigenen Interesse handeln mußte. »Ja, Sir, es betrat jemand die Asservatenkammer, ohne sich einzutragen.«
»Und wer war das?«
»Sergeant O'Connor, Sir.«
»Warum sorgten Sie nicht dafür, daß er sich einschrieb?«
»Ich hatte viel zu inventarisieren und war sehr beschäftigt und ... tja, ich dachte wohl, er würde das unaufgefordert tun.«
»Ging Sergeant O'Connor auch an die Kassette, ohne sich vorher in das entsprechende Buch eingetragen zu haben?«
»Jawohl, Sir. Ein zweiter Ausrutscher von mir.«
»Man könnte treffender sagen, daß Sie voll auf die Nase gefallen sind ... Was wollte er?«
»Soweit ich mich entsinne, hatte er von einer neuen Ladung Drogen gehört und wollte nachsehen, was auf Eis lag.«
»Legte er etwas in die Kassette, oder nahm er etwas heraus?«
»Das weiß ich leider nicht, Sir.«
»Aha, Sie waren zu beschäftigt.«
»Soweit ich es beurteilen konnte, nahm er nichts heraus«, versetzte Marks widerborstig.
»Ihr Urteil steht auf schwachen Fundamenten ... Danke, das wäre alles.«

O'Connor hätte keinen guten Kriminellen abgegeben, dachte Jennings. Er war so bemüht, sich als Mann, der mit seinem Gewissen im reinen ist, darzustellen, daß

er ausgesprochen schuldig aussah. »Sie waren beide vom Augenblick Ihres Eintreffens an bis zu Ihrem Abschied im Haus?«
»Jawohl, Sir.«
»Und Mrs. Hawsley war erst anwesend, nachdem Sie den Beutel mit dem Pulver gefunden hatten?«
»So ist es.«
»Sie bezichtigen Sie also weiter der Lüge?«
»Wenn sie behauptet, zugegen gewesen zu sein, als ich den Beutel fand, lügt sie.«
»Und Sie brachten den Beutel nicht in das Haus, um ihn Mr. Hawsley zuzustecken?«
»Nein, Sir.«
»Nehmen wir einmal an, Sie hätten das getan. Was wäre dann Ihr Motiv gewesen?«
Die Frage verwirrte O'Connor, der schon perplex über die angenehme, umgängliche Art des Detective Chief Superintendents war.
»Haben Sie etwas gegen hypothetische Fragen? Dann beantworten Sie bitte eine andere, konkretere. Kennen Sie persönlich einen Menschen, der im Lauf der letzten Monate drogensüchtig geworden ist?«
»Ich . . .«
»Aha. Wer ist es?«
»Der Sohn von Bekannten.«
»Ein solcher Vorfall demonstriert erst so richtig, wie gefährlich der Rauschgifthandel ist, nicht wahr?«
»Nun ja . . .« O'Connor hielt inne und erkannte zu spät, daß dies eine Fangfrage gewesen sein konnte. Wenn ja, war er in die Falle getappt. Die Miene des hohen Beamten aber verriet nur Verständnis und keinen Triumph.

»Warum sollte ich meine Aussage ändern?« fragte Brent aggressiv.

»Vielleicht, weil Sie zu dem Schluß gekommen sind, daß es im Interesse aller Beteiligten, Sie selbst eingeschlossen, besser ist, die Wahrheit zu sagen«, erwiderte Jennings, dem sonst leicht die Sicherung durchbrannte, überraschend geduldig.
»Ich habe die Wahrheit gesagt. Mrs. Hawsley war nicht zugegen, als das Pulver gefunden wurde. Sergeant O'Connor fand den Beutel in Mr. Hawsleys Tasche.«
»Sind Sie bereit, darauf einen Eid zu leisten?«
»Ja, Sir.«
»Behielten Sie Sergeant O'Connor denn so genau im Auge?«
»Ja.«
»Und warum?«
»Laut Vorschrift muß ich das tun, wenn ein Kollege einen Verdächtigen durchsucht.«
»Und Sie sind ein Mann, der sich immer an die Vorschriften hält?«
Auf diese ironische Frage brauchte Brent nicht zu antworten.
»Kennen Sie Sergeant O'Connor schon lange?«
»Ich kenne ihn, seit ich vor drei Jahren zu dieser Abteilung kam.«
»Und Sie haben sich in diesen Jahren mit ihm angefreundet?«
»Deswegen brauchte ich nicht zu lügen.«
»Sie haben meine Frage nicht beantwortet.«
»Ja, er ist mein Freund.«
»Danke, das wäre alles.«
Brent, der mit einer viel längeren hochnotpeinlichen Befragung gerechnet hatte, entfernte sich verwirrt.
Jennings war der Ansicht, daß Brents Charakter scheinbar widersprüchliche Elemente hatte. Auf der einen Seite lehnte er sich ganz offensichtlich gegen

Autorität und Pflicht auf oder verspottete sie sogar, auf der anderen war er möglicherweise bereit, aus reiner Solidarität alles aufs Spiel zu setzen.

13

Constable Adams litt mit seinen fünfundzwanzig Jahren schon unter Haarausfall und quittierte spöttische Bemerkungen über einsetzende Senilität mit der Behauptung, kahlköpfige Männer seien besonders potent.

Jennings setzte sich an seinen Schreibtisch. »Nun, was haben Sie zu melden?«

»Leider ein negatives Ergebnis, Sir.«

»Sie haben also keine Spur von dieser Frau entdeckt?«

»Bislang ist nichts über ihren Verbleib zu erfahren.«

»Könnte es denn sein, daß sie ermordet wurde?«

»Das läßt sich weder belegen noch ausschließen.«

»Was konnten Sie über ihre letzten Aktivitäten in Erfahrung bringen?«

»Nicht sehr viel. Vier Mädchen arbeiteten für sie, und zwar in verschiedenen Hotels und Motels. Jedoch plötzlich gab sie dieses Geschäft auf. Sie wurde auch schon wegen Drogenhandels verhaftet, doch was sie vor und nach diesem Vorfall gemacht hat, wissen wir nicht. Niemand kann uns etwas Schlüssiges über sie sagen.«

»Besteht die Möglichkeit, daß man nicht reden will?«

»Ja, durchaus. Keine meiner Informantinnen will sich über sie äußern.«

Jennings spielte mit seinem Schnauzbart. »Wenn ich wüßte, was Wallace passiert ist, wäre ich auch verschwiegen ... Gut, wühlen Sie weiter.«

»Ehrlich gesagt, Sir, glaube ich nicht, daß ich noch etwas Nützliches in Erfahrung bringen kann.«
»Im Gegenteil. Schnüffeln Sie weiter«, befahl Jennings.
Adams nickte resigniert und entfernte sich.
Jennings griff nach der getippten Meldung, die zuoberst auf einem Stoß Akten lag, und las sie durch. Constable Williams hatte Hawsleys Hintergrund so gründlich ausgeleuchtet, wie es die Gebote der Diskretion zuließen. Hawsley war Buchhalter bei Astey gewesen, einer Finanzgesellschaft in der City, aus der inzwischen ein Konglomerat geworden war. Vor zwei Jahren hatte er diese Stelle aufgegeben und war zur Seetonhurst Wine Company gegangen, einer Firma, die Weine und Spirituosen aus Spanien importierte.
Seine Frau war eine geborene Derales; diese Familie behauptete, von einem Baron abzustammen, der mit Wilhelm dem Eroberer nach England gekommen war. Bei den Einheimischen war sie unbeliebt und galt als Snob. Sie war Vorsitzende des Gemeinderats und führte die Geschäfte dem Vernehmen nach zielsicher und mit Erfolg, wie selbst ihre Kritiker einräumten.
Nirgendwo ein Hinweis auf Drogengeschäfte. Jennings legte den Bogen zurück, ging ans Fenster und schaute auf die sonnenbeschienenen Dächer. Oberflächlich gesehen hatte er es mit einem recht wohlhabenden Ehepaar der unteren Oberschicht zu tun, Leuten also, die erst zögerten, ehe sie eine auf der Straße liegende Münze einsteckten. Andererseits hatte O'Connors Gewährsmann Hawsley mit dem Drogenhandel in Verbindung gebracht und war in der Folge ermordet worden. Hawsley hatte sich mit Maureen Lewis getroffen, einer ehemaligen Prostituierten und Bordellmutter, die zuletzt wegen Rauschgifthandels verurteilt worden war ...

Er steckte die Hände in die Taschen und spielte mit ein paar Münzen. Wie Detective Inspector Fawcus erklärt hatte, konnten diese Ermittlungen keinen direkten Einfluß auf das Verfahren gegen die beiden Kriminalbeamten haben. Man konnte sogar behaupten, daß er, Jennings, Zeit und Personal vergeudet hatte, als er sie anordnete. Andererseits: Wenn er sich ausschließlich auf die Frage konzentrierte, ob der Sergeant versucht hatte, Hawsley einen Beutel Drogen zuzustecken oder nicht, blieb ihm nichts anderes übrig, als den Inhalt des Beutels analysieren und mit dem der anderen Beutel in der Kassette vergleichen zu lassen – und Jennings bezweifelte nicht im geringsten, daß man auf Parallelen stoßen würde, die es als sehr wahrscheinlich erscheinen ließen, daß der Sergeant die Absicht gehabt hatte, Hawsley zu Unrecht zu belasten.
Ganz gleich, wie sehr er auf den guten Ruf der Polizei hielt – eine Verfälschung des Verfahrens kam für ihn nicht in Frage. Da sich allerdings mit der Zeit unerwartete Vorteile bieten konnten, sah er keinen Grund, das Verfahren nicht hinauszuzögern.

Constable Williams traf Mrs. Halford im Garten hinter ihrem Haus an. Sie war eine kleine Frau mit unglaublicher Energie, die selbst die Aufzucht von vier derben Jungs nicht hatte schwächen können. Da es ihr schwerfiel, längere Zeit untätig zu bleiben, bückte sie sich wiederholt, um Gräser oder Winden auszurupfen, die unvermittelt in ihrem Beet aufgeschossen waren. »Ich mußte zur Jahreshauptversammlung, obwohl sich Alf immer beschwert, wenn ich ihn allein lasse. Er führt sich auf, als bliebe ich einen ganzen Monat weg und ließe ihn die ganze Hausarbeit allein machen. Aber ich sagte ihm: ›Irgend jemand muß sich schließlich darum kümmern, daß in der Gemeinde alles klappt.‹« Ganz

überraschend und scheinbar ohne Anlaß ging sie in ihren makellos gepflegten Gemüsegarten und wies auf streng hochgebundene Stauden, an denen gelbe Tomaten hingen. »Kennen Sie diese Sorte?«
»Nein, ich glaube nicht.«
»›Golden Wonder.‹ Hat das Aroma einer richtigen Tomate; ganz anders als die Einheitsware aus dem Supermarkt. Unser ganzes Gemüse kommt aus diesem Garten. Wie ist das bei Ihnen?«
Constable Williams jätete seine beiden Blumenbeete mehr widerwillig und nur dann, wenn ihm seine Frau mehr als sonst in den Ohren lag, doch es gehörte zur Taktik eines guten Vernehmungsbeamten, sich dem Enthusiasmus seines Gesprächspartners anzuschließen. »Nun, ich tue, was ich kann, habe aber meist nicht genug Zeit.«
»Zeit kostet das natürlich, wie ich schon immer sagte: ›Wer die Zeit braucht, schafft sie sich.‹« Sie ging an der Reihe entlang und schnitt Seitentriebe ab. »Sehen Sie, diese Tomate da ist reif. Probieren Sie mal, und sagen Sie mir dann, ob Sie schon einmal eine schmackhaftere gekostet haben.«
Er pflückte die große gelbe Frucht und biß hinein. Sie war sonnenwarm und fast zuckersüß, und ihr Geschmack war ihm kaum mehr als eine Erinnerung. Sein Lob war ehrlich.
»Mein ganzes Gemüse hat seinen natürlichen Geschmack«, strahlte sie.
»Das glaube ich Ihnen! Nun zurück zu dieser Versammlung . . . war Mrs. Hawsley auch anwesend?«
»Sicher. Sie ist schließlich die Vorsitzende.«
»Und wann traf sie ein?«
»Wie soll ich das wissen?« Sie lachte in sich hinein. »Dicke Freundinnen sind wir nicht gerade. Wie Alf immer sagt, trägt sie die Nase so hoch – es ist ein Wun-

der, daß sie ihr nicht erfriert. Ich muß ihr aber lassen, daß sie tüchtig ist, und wenn jemand Unterstützung braucht, setzt sie sich für ihn ein. Die Frau fürchtet sich vor niemandem.«

»Wann begann die Versammlung?«

»Pünktlich um sechs.«

»Und Sie gingen ein bißchen früher hin?«

»Richtig.«

»War sie bereits anwesend, als Sie eintrafen?«

»Ja.«

»Und blieb auch bis zum Ende der Versammlung!«

»Nein, sie mußte fort, weil sie Unterlagen vergessen hatte. Ganz untypisch für sie, wie ich zu Steve sagte, der ebenfalls im Vorstand sitzt.«

»Und wie lange blieb sie fort?«

»Tja, das ist komisch.« Mrs. Halford bückte sich und riß ein Kreuzkraut aus, das verborgen zwischen den Tomatenblättern schon fast Samen trug. »Mrs. Hawsley blieb so lange weg, daß Steve bei ihr zu Hause anrief, um zu fragen, wo sie bliebe. Dann redete sie so wirr, daß er sie für betrunken hielt.« Sie lachte. »Das meinte er natürlich nicht im Ernst. Leute ihres Schlages betrinken sich nicht. Oder wenn das mal passiert, sorgen sie dafür, daß es niemand merkt.«

»Was wurde aus der Versammlung?«

»Steve meinte, wir sollten ohne sie und unter neuem Vorsitz weitermachen. Aber dann erklärte George, das ginge nicht, weil wir unter ihrem Vorsitz angefangen hätten, und es gab dann eine lange Diskussion. Viel Lärm um nichts. Typisch Männer.«

»Kam sie zurück?«

»Nein, und wir haben seitdem keinen Ton mehr von ihr gehört.«

»Wann verließ sie die Versammlung?«

»Genau kann ich das nicht sagen, weil ich nicht auf die Uhr schaute.«
»Dann schätzen Sie den Zeitpunkt doch einmal.«
»Vielleicht eine Viertelstunde nach Beginn. Es dauert immer eine Weile, bis sich der Saal beruhigt, und dann las sie das Protokoll der letzten Zusammenkunft vor und ließ es von uns bestätigen. Als der nächste Punkt zur Sprache kam, die Renovierung der Dorfhütte, merkte sie, daß sie die Kostenvoranschläge der drei Bauunternehmer nicht mitgebracht hatte ... Anwesend war sie etwa zwischen fünfzehn und zwanzig Minuten.«
»Mit diesem Steve hätte ich mich gerne einmal unterhalten. Wie heißt er mit Nachnamen, und wo wohnt er?«
»Steven Armstrongs Haus steht gleich hinter Maiden's Copse. Sie können es nicht verfehlen, denn dort sind Kühe auf der Weide.«

Williams starrte verständnislos auf die Melkbecher, Verteilerstücke, Vakuumleitungen, die Arbeitsgrube und die Futtertröge in dem Fischgrätenmelkstand. Armstrong war ein hochgewachsener, schlaksiger Mann mit einem wettergegerbten Gesicht und einer kräftig roten »Bauernnase«. Er spülte mit dem Schlauch eine Spur Dung weg und drehte sich dann um. »Giftige Ziege«, sagte er im Lokaldialekt.
»Mrs. Halford meinte, Mrs. Hawsley habe die Versammlung kurz nach ihrem Beginn verlassen. Ich hätte gerne gewußt, wann das war.«
Armstrong kam aus der Grube, zog seine Gummischürze aus und hängte sie über das Gitter eines Futtertrogs. »Viertel nach sechs, halb sieben. Wir hatten gerade erst angefangen. Warum wollen Sie das eigentlich wissen?«

»Wir prüfen nur etwas nach«, erwiderte Williams vage. »Wie ich höre, klang sie etwas seltsam, als Sie sie später anriefen.«
»Voll wie eine Strandhaubitze.«
»Glauben Sie wirklich, daß sie betrunken war?«
»Dieser Hausdrache? Nie.«
»Was war dann Ihrer Meinung nach mit ihr los?«
»Keine Ahnung. Vielleicht nahm ihr Mann mal allen Mut zusammen und erlaubte sich eine Widerrede.«

Jennings sah sich den Bericht genau an. O'Connor hatte ausgesagt, um fünf nach sechs bei der Cockscomb Farm eingetroffen zu sein. Akzeptierte man das, konnte Mrs. Hawsley nicht während der ganzen Vernehmung anwesend gewesen sein und log also, um ihren Mann zu decken – so wie Brent log, um O'Connor zu stützen. Bedauerlicherweise war die Aussage der Hawsleys nur zu widerlegen, wenn Zeiten einwandfrei festgelegt werden konnten; vermutlich ein Ding der Unmöglichkeit. Ihre Behauptung, O'Connor habe versucht, Hawsley den Beutel zuzustecken, war demnach nicht zu entkräften.
Das Telefon klingelte.
»Hier Adams, Sir. Ich bekam gerade den Tip, Maureen Lewis könnte untergetaucht sein. Ich versuchte, mehr herauszubekommen, aber meine Informantin wollte nichts weiter sagen, obwohl ich den Gin ordentlich fließen ließ.«
»Warum schwieg sie? Weil sie nichts wußte oder weil sie Angst hatte?«
»Das konnte ich nicht beurteilen.«
»Wie verläßlich ist sie?«
»Ich bekam schon nützliche Tips von ihr, aber auch viel Unsinn zu hören, wenn sie nur Gin spendiert haben wollte.«

»Wäre es sinnvoll, noch einmal mit ihr zu reden?«
»Ich bezweifle, daß dabei viel herauskommt, könnte es aber versuchen.«
»Gut, nehmen Sie sich die Dame noch einmal vor.«
Jennings legte den Hörer auf. Das klang wie eine Spur, die ins Leere führte. Er hatte also keinen Vorwand mehr, die Analyse des Inhalts der beiden Beutel weiter hinauszuzögern . . .
Es klingelte wieder. Ein Lokalreporter war am Apparat und wollte ein Gerücht verifizieren, demzufolge zwei Kriminalbeamte vom Dienst suspendiert worden waren. Jennings wollte keine Auskunft geben, denn dieser Fall durfte nicht an die große Glocke gehängt werden. Doch wenn er schwieg, ging ein ganzer Katalog abträglicher Unwahrheiten in Druck . . . Verflucht, dachte er, warum waren O'Connor und Brent nur so saudumm gewesen?

14

Caroline Hawsley schaute durch ihr Wohnzimmer. »Ich war heute morgen im Dorf einkaufen und traf Tim Atkins. Er sagte, Walling Hall käme bald auf den Markt.«
»So?« Hawsley gab sich mit Bedacht uninteressiert. Sie konnten sich zwar ein imposanteres Haus leisten, aber er war intelligent genug, sich immer vor Augen zu halten, daß es unklug und gefährlich war, mehr Geld auszugeben, als er legal verdienen konnte. Und an diese Regel hatte er sich auch gehalten. Die Polizei mochte bohren und schnüffeln, soviel sie wollte, aber auf übertriebenen Konsum, der ihren Verdacht bestätigte, würde sie nicht stoßen . . .

»Er sagt, es sei baulich einwandfrei und bedürfe nur der Renovierung. Es gehörte den Halley-Andrews, einer seriösen alten Familie.«
Hawsley teilte ihren Respekt vor verarmten alten Familien nicht.
»Der Makler ist Climpson, und laut Tim soll rund eine halbe Million verlangt werden. Das ist doch ein annehmbarer Preis, oder?«
»Das kann ich nicht beurteilen. Angesichts der Fluktuationen auf dem Immobilienmarkt kann das niemand sagen.«
»Der Park ist klein, aber herrlich.«
Sah sie sich schon in einem Barockpalast von Vanbrugh auf 400 Hektar Land? Er stand auf. »Ich habe noch etwas zu erledigen und gehe jetzt nach oben ... Übrigens habe ich morgen und übermorgen in London zu tun und übernachte deshalb dort.«
»In Ordnung.«
Sie fragte ihn nie, was er eigentlich in London tat. Vielleicht, weil sie ihm seine Erklärungen abnahm; vielleicht, weil sie die Wahrheit ahnte, aber verdrängte; vielleicht auch, weil es sie nicht interessierte, was er trieb. Als er zur Tür ging, hatte er schon Maggies üppige Formen vor Augen ...
»Ashley, bitte rufe morgen früh Lampson an und laß ihn noch einmal Beschwerde erheben, diesmal schärfer.«
Hawsley blieb stehen. Das Bild von Maggie verflüchtigte sich.
»Die Kriminalpolizei hat Gemeindemitglieder vernommen und gefragt, wann ich zu der letzten Versammlung kam und wann ich sie verließ. Diese Unverschämtheit lasse ich mir nicht bieten.«
»Was hat man der Polizei gesagt?«
»Keine Ahnung«, sagte sie wegwerfend.

War ihr denn nicht klar, daß ihre Aussage wertlos wurde, wenn die Polizei feststellte, daß sie nicht während der ganzen Dauer des Besuchs der beiden Beamten im Haus gewesen war? Wenn das geschah, lief er Gefahr, zu Unrecht als Süchtiger oder gar als Rauschgifthändler verurteilt zu werden ... es sei denn, er legte ein umfassendes Geständnis ab.

Susan hatte sich auf einer Hollywoodschaukel im Schatten einer Eiche ausgestreckt und sagte: »Weißt du, worauf ich Lust hätte? Mich ins Auto zu setzen, die Fähre nach Calais zu nehmen, nach Marquise zu fahren und im Chez François essen zu gehen.«
»Ziemlich weit für eine Mahlzeit.«
»Das Steak *farci foie gras* ist aber göttlich.«
»Ich bin auch mit Bratwurst und Kartoffelpüree im Black Bull zufrieden.«
»Na, so spießig bist du nun auch wieder nicht. Komm, zischen wir los. Jetzt gleich.«
Er schüttelte den Kopf.
»Ach bitte. Sei mal spontan, dann ist das Leben weniger langweilig.«
»Du vergißt, daß ich suspendiert bin, mein Gehalt aber weiter beziehe. Ich muß also immer verfügbar sein für den Fall, daß man mich vernehmen will.«
»Soll das heißen, daß du noch nicht einmal Freunde besuchen darfst?«
»Wenn sie in Frankreich wohnen, geht das nicht.«
»Ich verstehe dich nicht. Man versetzt dir einen Tritt, und du katzbuckelst und bedankst dich noch.«
»Tja, ich habe eben kein Rückgrat.«
»Oder geht es dir ums Geld? Keine Sorge, ich zahle.«
»Nein, Miss Rothschild, es geht mir nicht ums Geld, sondern ums Pflichtgefühl. Laß mich das einmal ganz simpel erklären.«

»Brauchst gar nicht so von oben herab zu tun.«
Das schnurlose Telefon auf dem Gartentisch klingelte. Sie ergriff es und zog die Antenne aus. »Ja?«
»Hallo, ist dort die Bullenschnalle?«
»Wie bitte? Wovon reden Sie?«
»Mach ihm klar, daß er nichts gesehen hat, sonst säbeln wir dir die Möpse ab.« Es wurde aufgelegt.
Sie legte das Telefon hin und schaute Brent verdutzt an.
»Wer war das?« fragte er.
»Irgendein Spinner mit einem obszönen Anruf, aber ich habe kein Wort verstanden. Vielleicht war er auch besoffen.«
»Dann hat er aber früh am Tag angefangen. Was sagte er genau?«
»Irgend etwas von mir als einer Bullenschnalle, und ich sollte jemandem ausrichten, daß er nichts gesehen hat – sonst bekäme ich die Möpse abgesäbelt. Kannst du dir darauf einen Reim machen?«
Er versuchte erfolglos, sein Entsetzen zu verbergen.
»Du weißt also, was er meinte?«
»Ja, wahrscheinlich.«
»Dann übersetze bitte.«
»Wenn du die Freundin des Kriminalbeamten bist . . .« Er hielt inne.
»Weiter.«
»Du sollst mich dazu bewegen, meine Aussage zu ändern.«
»Das ist doch wohl der Gipfel! Was für eine Unverschämtheit!«
Zu seiner Erleichterung regte sie sich über die Frechheit des Mannes mehr auf als über seine brutale Drohung.

Jennings stand breitbeinig, stützte sich auf den

Schreibtisch und beugte sich leicht vor. »Mir liegt nun der Befund des Labors vor, das den Inhalt der Beutel analysiert hat. Alle enthielten harte Drogen – ein Stapel Heroin, die beiden anderen Kokain. Das Kokain vom größeren Stoß und das aus dem einzelnen Beutel stammte aus derselben Quelle. Der Inhalt aller Beutel ist verschnitten, aber das Kokain in zwei Beuteln ist noch einmal und mit einer anderen Substanz gestreckt. Einer dieser Beutel ist jener, den Sie angeblich bei Mr. Hawsley fanden.« Er starrte O'Connor an, der rechts von Brent stand. »Ihnen ist wohl klar, was das bedeutet.«

O'Connor gab keine Antwort.

»Ein Beutel wurde vom größeren Stoß in der Kassette genommen. Sein Inhalt wurde so gestreckt, daß zwei Beutel gefüllt werden konnten. Der erste kam zurück auf den Stoß, der zweite wurde Mr. Hawsley zugesteckt.«

»Es gibt noch eine andere Erklärung«, meinte Brent.

»Und die wäre?«

»Das Kokain, das Hawsley bei sich hatte, konnte aus derselben Quelle stammen wie das beschlagnahmte in der Kassette.«

»Es liegt aber nur ein Beutel mit doppelt gestrecktem Kokain in der Kassette.«

»Steht denn zweifelsfrei fest, daß der Inhalt aller Beutel identisch war, ehe sie in die Kassette gelegt wurden?«

»Nein.«

»Dann hat es den Anschein, als stammten die Beutel aus zwei verschiedenen Quellen – und Hawkins Kokain kam von der zweiten.«

»Ich bin nicht auf den Kopf gefallen!« versetzte Jennings ärgerlich.

»Sir, ich sage nur –«

»Ich rate Ihnen nicht zum ersten Mal, lieber nichts zu sagen. Meine Ermittlung ist abgeschlossen, und ich werde das Ergebnis dem Stellvertreter des Präsidenten vorlegen. Ich werde erklären, daß meiner Auffassung nach alle vier Personen, die sich am Donnerstag, dem Sechsundzwanzigsten, in der Cockscomb Farm aufhielten, die Unwahrheit sagten. Da ich nur den Auftrag hatte, festzustellen, ob Sie, Sergeant O'Connor, versucht haben, Mr. Hawsley Drogen zuzustecken, kann ich mich der weiterreichenden Frage, ob er etwas mit dem Rauschgifthandel zu tun hat, nicht widmen. Ich habe geschrieben, daß das Ergebnis der Analyse zwar deutlich macht, wo die Wahrheit liegt, aber keinen eindeutigen Beweis darstellt. In anderen Worten: Die Beweislage reicht nicht aus für ein Strafverfahren, wohl aber für ein internes Disziplinarverfahren. Die Entscheidung wird der Stellvertreter des Präsidenten treffen.« Er nahm die Hände vom Schreibtisch und richtete sich auf. Dann sagte er zu O'Connor: »Haben Sie noch nicht gelernt, daß illegale Methoden bei der Verbrechensbekämpfung zu noch mehr Kriminalität führen, ganz gleich, wie edel die Motive auch sein mögen?«
O'Connor, dessen Miene verriet, daß er seine Karriere für ruiniert hielt, starrte zur Wand.
Jennings seufzte. Eine Welt, in der es keine Idealisten gab, mochte bequemer, aber auch ärmer sein, wie er fand. »Und das wäre dann alles«, schloß er.
O'Connor machte kehrt, ging zur Tür und blieb stehen, als er merkte, daß Brent ihm nicht gefolgt war. Er warf einen Blick zu Brent.
»Darf ich Sie einmal kurz sprechen, Sir?« fragte Brent.
Jennings nickte, setzte sich und wartete, bis O'Connor den Raum verlassen und die Tür hinter sich geschlossen hatte. »Nun, was gibt's?« fragte er.

»Heute früh wurde bei mir zu Hause angerufen, und meine Freundin ging an den Apparat. Ein Mann drohte, ihr die Brüste abzuschneiden, wenn ich meine Aussage nicht änderte.«
Jennings griff nach einem Bleistift und begann mit ihm zu spielen.
»Er will sagen ...«
»Ich bin durchaus fähig zu verstehen, was er sagen will. Kann Ihre Freundin Hinweise geben, mit deren Hilfe sich der Anrufer identifizieren ließe?«
»Nein.«
»Und der Fall Hawsley wurde nicht ausdrücklich erwähnt?«
»Das war nicht nötig.«
»Im Gegenteil.«
»Es liegt doch auf der Hand.«
»Erst, wenn es bewiesen ist.«
»Hawsley ist in den Drogenhandel verwickelt, und seine Hintermänner versuchen mich mit Drohungen –«
»Dazu zu bewegen, die Wahrheit zu sagen!«
»Nein, Sir.«
»Brent, ich habe bereits deutlich gemacht, daß ich mich in meinem Bericht nicht mit Hawsley und seinen möglichen Drogengeschäften befassen konnte. Erwogen habe ich die Frage allerdings. Nur zwei Dinge stützen den Verdacht: Der Tip eines Informanten und die Tatsache, daß Hawsley sich mit einer wegen Drogenhandels vorbestraften Frau traf. Leider können diese beiden Personen nicht vernommen werden, denn die eine wurde Opfer eines Mordes, und die andere ist verschwunden.«
»Hawsley hatte Kokain in seinem Besitz.«
»Warum nehmen Sie keine Vernunft an?« fragte Jennings verzweifelt. »Alle eindeutigen Beweise deuten

darauf hin, daß er nichts mit Drogen zu tun hat. Er hat eine ganz normale Existenz und lebt nicht über seine Verhältnisse. Er arbeitet bei einer expandierenden Firma und pflegt unseres Wissens keinen kriminellen Umgang. Und ersparen Sie mir das Argument Maureen Lewis. Zwar weisen die Fakten auf eine abgesprochene Begegnung hin, aber beweisen läßt sich das nicht. Es steht auch nicht fest, ob über Drogen gesprochen wurde. Käme er morgen vor Gericht, sähen die Geschworenen in ihm einen anständigen Bürger. Angesichts dessen können wir unmöglich annehmen, daß er mit der Drohung gegen Ihre Freundin irgend etwas zu tun hatte.«

»Ich schere mich einen Dreck um das ganze Wenn und Aber und verlange, daß sie unter Schutz gestellt wird.«

»Sie verlangen Polizeischutz wegen eines Anrufes von einem Unbekannten mit unbekanntem Motiv? Sie müssen doch wissen, daß das ausgeschlossen ist.«

»Nur weil Sie glauben, daß ich Sie anlüge, um meinen Sergeant zu decken.«

»Das hat damit überhaupt nichts zu tun«, unterbrach Jennings scharf. »Ich behandle Ihren Antrag – den Sie übrigens an Ihren Detective Inspector hätten richten sollen – so, als käme er von einem normalen Bürger. Ich brauche Ihnen nicht erst zu sagen, daß die Bewachung einer Person rund um die Uhr einen beträchtlichen Personalaufwand bedeutet – und diese Leute werden an anderer Stelle dringender gebraucht. Schutz gewähren wir aus diesem Grund nur, wenn die Notwendigkeit eindeutig feststeht.«

»Und das ist Ihrer Ansicht nach hier nicht der Fall?«

»Nein. Gerechtfertigt wäre diese Maßnahme nur, wenn feststünde, daß Hawsley tatsächlich in Drogengeschäfte verwickelt ist.«

»Während meiner Ausbildung sagte man mir immer

wieder, die ganze Polizei sei ein einziges Team, eine große Familie. Was für ein Unsinn!«
»Wenn Sie beweisen können, daß sie wegen dieses Falles in Gefahr schwebt«, meinte Jennings, »dann stellen Sie über Ihren Detective Inspector einen Antrag auf Polizeischutz. Er wird ihn an die Zentrale weiterleiten, und ich werde dafür sorgen, daß ihm umgehend stattgegeben wird.«
Brent murmelte seinen Dank und erkannte trotz seines bitteren Zorns, daß dieses Angebot angesichts der Umstände großzügig war.

15

Am Dienstag vormittag um 11.15 Uhr, Susan und Brent wollten gerade zur Merton Hall fahren, wo sie zum Mittagessen eingeladen waren, ging das Telefon wieder. »Ich geh dran«, meinte Susan. »Das ist vielleicht Joanna.«
Brent ging hinaus und wartete in der warmen Sonne. War Joanna am Apparat, mußte er sich in Geduld fassen. Er hörte einen Schrei und ging zurück ins Haus. Susan stand mit dem Hörer in der Hand da und sah entsetzt aus. Sein erster Gedanke war, es könnte einem ihrer Angehörigen etwas zugestoßen sein. »Ist jemand krank?« fragte er.
Sie gab keine Antwort.
Er nahm sie behutsam am Arm. »Susie, was ist passiert?«
Sie stieß einen Klagelaut aus.
»Ist es dein Vater? Hat deine Mutter einen Unfall gehabt?«
»Mein Gott! Ich glaube, ich muß kotzen.« Sie knallte

den Hörer auf. »Wegen dir wollen sie . . .« Sie schüttelte sich.

Nun erkannte er, daß sie wieder einen Drohanruf erhalten hatte. »War es der Mann von gestern?«

»Er hat mir in allen Einzelheiten geschildert, was er und seine Freunde mit mir anstellen werden. Wie kann jemand auf so ekelhafte, abartige Gedanken kommen?«

Obwohl Brent sehr besorgt war, wunderte er sich doch, daß sie, die sich für so welterfahren hielt, über die Obszönitäten, zu denen Männer fähig sind, so schockiert sein konnte. »Ich weiß, so etwas ist schlimm, aber . . .«

»Du weißt überhaupt nichts. Du hast ja keine Ahnung, wie man sich als Frau fühlt, wenn man sich so etwas anhören muß. Vielleicht ist es dir sogar egal.«

»Susan, nimm dich zusammen.«

Sein strenger Ton gebot ihrer Panik Einhalt.

»Susie, die wollen dir doch nur angst machen. Diese Drohungen sind bestimmt nicht ernst gemeint.« Dann aber mußte er an eine attraktive Zweiundzwanzigjährige denken, die ihm berichtet hatte, was ihr von einem Vergewaltiger angetan worden war; das Mädchen war dann mitten in der Vernehmung gestorben.

»Wenn du ihn selbst gehört hättest, wärst du nicht so optimistisch.«

»Dann gib doch einmal genau wieder, was er sagte.« Brent wartete ab, aber es fiel ihr, die doch sonst oft schockierende Dinge sagte, nicht leicht, die Drohungen zu wiederholen. »Dazu brauchen wir erst einmal einen starken Drink.«

Sie folgte ihm in die Speisekammer und sah zu, wie er zwei Glas Whisky einschenkte. Sie tranken stehend in der Küche.

»Nun, was sagte der Mann?« fragte er ein zweites Mal.

»Wenn du nicht die Wahrheit sagst ... dann machen sie diese ekelhaften Sachen mit mir.«
»Und das waren seine exakten Worte – wenn ich nicht die Wahrheit sage?«
»Ich weiß nicht. Ich bin ja kein Bandgerät. Warum läuft dieses Schwein frei herum? Warum verhaftest du den Dreckskerl nicht?«
Er ließ sie weiterreden. Der Anrufer hatte mit seinen Worten – falls das überhaupt noch nötig war – bestätigt, daß die Drohungen im direkten Zusammenhang mit Hawsley standen. Nur Hawsley, seine Frau, er selbst und O'Connor konnten sicher sein, daß der Vorwurf gegen Hawsley falsch war. Die Anführer dieser Bande hatten bereits demonstriert, daß sie brutal waren, und würden ihre Drohungen gegen Susan wahrmachen, wenn sie sich davon einen Vorteil versprachen. Brent sah sie schon mißhandelt vor sich, und in ihm wallte die Wut auf. Er verdrängte das Bild. »Komm, trinken wir noch einen.«
Einen Augenblick lang hatte es den Anschein, als habe sie ihn überhaupt nicht gehört. Dann hielt sie ihm ihr Glas hin. »Meinst du, daß die so etwas Entsetzliches tun würden?«
»Nein, sie wollen dir nur angst machen.« Er nahm ihr Glas und ging in die Speisekammer.
Sie folgte ihm und blieb in der Tür stehen. »Man liest immer wieder von gräßlichen Verbrechen an Frauen.«
»Susan, du bist nicht allein. Wenn einer von diesen Dreckskerlen sich hier sehen läßt, mach ich ihn platt.«

Mereton Hall war ein herrschaftliches Haus aus der Mitte des 19. Jahrhunderts und stand weit von der Straße zurückgebaut in einem achttausend Quadratmeter großen, teilweise von einer Mauer umgebenen Garten, den ein Gärtner und ein Gehilfe pflegten.

Chris Radford, Susans Vater, gab sich munter und einladend und kaschierte geschickt, daß er ein knallharter, ehrgeiziger Mann war. Susans Mutter, Veronica, war groß, schlank, für ihr Alter attraktiv und wirkte etwas geistesabwesend. Brent wußte nie so recht, ob sie freundlich zu ihm waren, weil er ihnen sympathisch war oder weil sie ihn nicht mochten.
Radford schaute auf die Uhr. »So, ich muß jetzt los, wenn ich um fünf am Flughafen sein will. Aber ich sehe Sie noch einmal, ehe Sie fortgehen, nicht wahr? Sie bleiben noch eine Weile?«
»Sicher, wir sind bestimmt noch da«, erwiderte Brent.
»Gut.« Radford stand auf. Er trug einen leichten Anzug, der kein Etikett brauchte, um die Savile Row als seine Herkunft zu verraten.
»Ich gehe mit nach oben und helfe dir, damit du nichts vergißt«, meinte Veronica.
Sie verließen das Eßzimmer, das eine verzierte Stuckdecke hatte. Einen Moment später kam Mrs. Weston, die Haushälterin, herein, um den Tisch abzuräumen.
Susan ging voraus durch eine andere Tür in den kleineren Wohnraum und ließ sich auf dem Chesterfieldsofa nieder. »Magst du einen Likör?«
»Gute Idee.«
»Du weißt ja, wo die Flaschen stehen. Kann ich einen Maraschino haben?«
Die Hausbar war hinter der Eichentäfelung versteckt. Er schenkte ihr einen Maraschino und sich einen Armagnac ein.
Sie nahm ihr Glas entgegen, bedankte sich, trank einen Schluck und schaute Brent an. »Jim, würde es dich sehr stören, wenn ich heute nacht hier schlafe? Tut mir leid, aber diese Anrufe haben mir wirklich angst gemacht. Du wirst jetzt sagen, dies sei genau, was der Mann bezweckte, und er würde seine ekel-

haften Drohungen nicht wahrmachen, aber ... ich glaube nicht, daß ich es zur Zeit in Grangeway aushalte.«
»Aber ich bin bei dir, da kann dir noch nichts –«
Sie unterbrach ihn, und ihr Ton wurde nun schärfer. »Du hast ja nicht gehört, was dieser Kerl sagte.«
Ihre Gelassenheit war wohl brüchiger, als er angenommen hatte. »Kein Problem. Ich rufe die Wache an und gebe dem Kollegen diese Nummer für den Fall, daß man mich erreichen will. Hier bist du auf jeden Fall sicher – mit den ganzen Alarmanlagen und den zwei Rottweilern.«
»Ich bleibe besser allein. Nur für ein paar Tage.«
»Wieso das?«
»Veronica kann sehr prüde sein und duldet bestimmt nicht, daß du hier übernachtest.«
»Wie bitte? Was glaubt sie denn, was wir in Grangeway so tun?«
»Bitte versteh das und mache nicht alles noch komplizierter.«
Nun wußte Brent, daß er mit Argumenten nicht weiterkam. »Ist das ein Versprechen?«
»Ich schwöre es – bei meinen Le –« Sie hielt jäh inne und fürchtete sich, das Wort auszusprechen.

Brent wunderte sich, wie jemand so dumm gewesen sein konnte, Zeit und Geld für einen Film zu verschwenden, der gerade im Fernsehen gezeigt worden war – und stellte sich dann die Frage, warum er so blöde gewesen war, sich den Schinken von Anfang bis Ende anzusehen. Er schaltete das Gerät ab, und dann hüllte ihn Stille ein. Ein Mensch allein konnte ein Haus nicht mit Leben erfüllen.
Sollte er sich noch ein Glas einschenken, obwohl er schon mehr als genug intus hatte? Klar, er wollte sich

zuschütten. Verdammt, was eine Frau mit einem anstellen kann ...
Nach dem letzten Glas schloß er das Haus ab und ging nach oben. Überraschung: Im Schlafzimmer hing noch ihr Duft. Er stellte sie sich vor, wie sie im Bett lag und zu ihm sagte, er solle sich beim Ausziehen beeilen ...
Im Bett schlug er das Taschenbuch auf, das er am Vorabend angefangen hatte zu lesen. Der Held umwarb eine Dame, die bald beweisen sollte, daß sie keine war. Er legte das Buch auf den Nachttisch und machte das Licht aus.
Der Raum schien sich zur Seite zu neigen, fing sich, schlingerte weiter.

Alkohol hatte seltsame Auswirkungen auf seinen Schlaf. Wenn er mehr als sonst konsumierte, wachte er unweigerlich in der Nacht auf und konnte nicht sofort wieder einschlafen. Dann hatte er genug Zeit, sich zu fragen, warum er nicht mehr oder weniger getrunken hatte.
Er war gerade wieder am Einschlafen, als ein störendes Geräusch ihn hellwach hochfahren ließ. Schlug unten leise eine Tür, weil es zog? Aber alle Fenster im Erdgeschoß waren geschlossen. Er lauschte angestrengt. Stille im Haus, und von draußen kam nur hin und wieder gedämpfter Verkehrslärm.
Er legte sich wieder hin, aber nun war sein Verstand wach. Wie lange wollte Susan in Mereton Hall bleiben? Warum tat es so weh, die Hand nach ihr auszustrecken und nichts zu fühlen? Er war immer stolz auf seine Unabhängigkeit gewesen, fühlte sich im Moment jedoch wie ein liebeskranker Teenager.
Wieder ein Geräusch, diesmal näher. Eine andere Tür? Aber zum Zug gehört Wind, und die Blätter des wilden Weins draußen an der Hauswand raschelten nicht.

Und dann erkannte er endlich, was er sofort hätte merken sollen: Jemand war im Haus.
Zuerst empfand er Zufriedenheit, weil sich hier die Gelegenheit bot, seinen Frust abzureagieren. Der Eindringling baute wohl auf den Überraschungseffekt; der sollte sich wundern. Eine Waffe? Im Schrank lagen zwei Schwingkeulen. Er stand auf und arrangierte Kissen und Decke so, daß es aussah, als lägen zwei Personen im Bett, ging dann lautlos an den letzten Einbauschrank beim Fenster und holte die Keulen heraus. Sie waren schwer und gut ausbalanciert.
Bei einer Aktion dieser Art mußte er mit zwei Männern rechnen, vielleicht sogar mit drei. Da sie sich im Haus nicht auskannten, mußten sie eine Lampe dabeihaben. Die klügeren Bösewichte benutzten heutzutage Nachtsichtgeräte, doch Brent bezweifelte, daß die Einbrecher bei dieser Routinesache über eine derart moderne Ausrüstung verfügten. Wahrscheinlicher war, daß sie eine teilweise abgeblendete Taschenlampe mitgebracht hatten. Er ging in das angrenzende Badezimmer. Neben dem Waschbecken stand eine ganze Batterie Sprühdosen und Flaschen, Susans Kosmetika. Er nahm sich drei Dosen, trug sie ins Schlafzimmer und legte sie knapp jenseits des Schwingkreises der Tür auf den Boden.
Dann stellte er sich an die Schloßseite der Tür an den Lichtschalter. Wer eintrat, würde ihm den Rücken zukehren; das Überraschungsmoment gab ihm dann die Sekunden, die er brauchte.
Er hörte weitere Geräusche, die auf Bewegung hinwiesen, konnte aber nicht beurteilen, ob Kleidung raschelte oder Schuhsohlen den Teppichboden streiften. Fest stand jedenfalls, daß sie den Treppenabsatz erreicht hatten. Nun standen sie vor vier Türen auf ihrer rechten Seite und drei auf der linken, nicht eingerech-

net die Wäschekammern. Es war zu erwarten, daß sie eine nach der anderen öffneten, bis sie jene erreicht hatten, hinter der sich das Schlafzimmer befand. Er packte die Keule fester und führte nur zur Übung in der Dunkelheit einen angedeuteten Schlag.
Wieder ein Geräusch, ganz nahe diesmal. Er ging in Stellung. Jeden Augenblick mußte sich der Türknopf ganz langsam drehen ... Die Tür öffnete sich so leise, daß er sie im Schlaf nie gehört hätte. Eine kurze Pause; dann wurde eine Taschenlampe eingeschaltet, und ihr Strahl fiel auf das Bett. Im schwachen Lichtschein sah es so aus, als lägen dort zwei Menschen. Zufrieden schlichen die Männer los ... traten auf die Sprühdosen und fielen wild fluchend hin.
Er knipste die Deckenlampe an. Es waren nicht zwei Eindringlinge, sondern vier, und sie trugen Kapuzenmützen. Zwei lagen am Boden; ein Dritter, der nicht auf eine Dose getreten war, stand rechts von ihnen, und der vierte war noch in der Türöffnung.
Vier gegen einen – eine bittere Lage, auch wenn zwei vorübergehend außer Gefecht gesetzt waren. Er schlug dem vierten Mann die Keule ins Gesicht. Der Getroffene krümmte sich, schlug die Hand vor den Mund und machte ein blubberndes Geräusch. Der dritte, der eine Taschenlampe trug, reagierte rascher, als Brent lieb war, und zog ein Messer, das er nun in Hüfthöhe hielt – die Haltung eines erfahrenen Messerstechers. Brent zielte mit der Keule auf seinen Kopf, änderte aber dann, als sein Gegner zurückwich, die Richtung des Schwungs und ließ die Keule auf sein rechtes Handgelenk niedersausen. Das Messer flog weg.
Die beiden Gestürzten kamen auf die Beine. Einer trug eine Taschenlampe, der andere eine automatische Pistole. Brent machte einen Satz vorwärts und rammte

dem Bewaffneten das Ende der Keule ins Gesicht. Der Mann schrie auf. Brent versetzte ihm einen Hieb auf die Hand, die die Waffe hielt, aber die Automatic kam nicht frei. Er holte zu einem zweiten, wirksameren Hieb aus und trat auf eine Sprühdose. Trotz seiner verzweifelten Versuche, das Gleichgewicht zu wahren, ging er zu Boden.

Der Mann mit der Pistole stand nun fest auf den Beinen und begann zu zielen. Brent raffte sich hastig auf und rechnete nun damit, jeden Augenblick den Einschlag eines Geschosses zu spüren, aber der Schock blieb aus. Offenbar konnte der Schütze nicht feuern, weil sein Zeigefinger gebrochen war.

Einer seiner Komplizen, der zur Seite getreten war, um ihm freies Schußfeld zu geben, griff nun mit einem Messer in der Rechten an. Geschickt warf er es von der rechten zur linken Hand und führte dann einen Stoß. Brent wich zurück und wurde von der Klinge knapp verfehlt. Als er sich nach rechts wandte, um dem nächsten Angriff auszuweichen, betäubte ein Schlag vorübergehend seine Schulter und ließ sie dann wie Feuer brennen. Er warf sich zu Boden, rollte sich auf den Rücken, führte einen ungezielten Hieb mit der Keule und traf die Wade eines Mannes.

Eine Schuhspitze streifte seine Wange. Er rollte wieder, nun aber auf seinen Angreifer zu, dem er die Keule zwischen die Beine rammte. Der Mann brach würgend zusammen. Brent stand auf. Der Mann mit dem gebrochenen Finger versuchte immer noch, die Waffe freizubekommen, um mit einem anderen Finger abzudrücken oder sie einem seiner Kumpane zu geben. Brent, der die Distanz nicht mehr rechtzeitig überwinden konnte, hatte nun nur noch eine Chance – er schleuderte die Keule. Sie wirbelte durch die Luft und traf das bereits verletzte Gesicht des Schützen.

Nun stürzte Brent los, um sich die Keule wieder zu schnappen, aber einer der Gauner schnitt ihm den Weg ab. Da die Keule jetzt außer Reichweite war, änderte er die Richtung, packte den Lauf der Pistole und drehte ihn. Der Mann bebte und schrie dann auf, gab die Waffe jedoch nicht frei. Brent nahm eine Bewegung rechts von sich wahr und duckte sich instinktiv. Eine Klinge ritzte seinen Hals. Er zerrte an der Pistole und stieß den schreienden Schützen gegen den letzten Angreifer, dessen Messer seine Schlafanzughose aufschlitzte, nicht aber seine Haut. Noch einen heftigen Ruck, und dann hatte er die Pistole in der Hand. Er sprang zurück.

Die Männer flohen, jeder nur auf seine eigene Sicherheit bedacht. Zwei blieben in der Türöffnung stecken und sorgten für einen Hauch von Komödie, als sie versuchten, sich gleichzeitig durchzudrängen.

Brent hob die Automatic und zielte. Er war davon überzeugt, daß sie ihn hatten ermorden wollen, und verspürte das heftige Bedürfnis, nun abzudrücken, gewann aber irgendwie und widerwillig die Selbstbeherrschung zurück und ließ es bleiben. Es war illegal, auf einen Flüchtenden zu schießen, ganz gleich, was seine Absichten auch gewesen sein mochten. Britisches Recht begünstigt den Kriminellen, nicht das Opfer.

16

Fawcus nahm die Brille ab und legte sie auf den Tisch. Dann fragte er: »Über ihr Motiv ließen diese Männer nichts verlauten?«

»Sie sagten von Anfang bis Ende kein einziges Wort«, entgegnete Brent.

»Es besteht also kein eindeutiger Zusammenhang zwischen diesem Einbruch und den Drohungen gegen Miss Radford.«
»Zum Donner –«
»Kein *eindeutiger* Zusammenhang, sagte ich.«
»Wer das glaubt, hat nicht alle Tassen im Schrank.«
»Seien Sie nicht so unbeherrscht.«
»So? Ich bat Mr. Jennings um Polizeischutz für Miss Radford, und er hat einfach abgelehnt. Jetzt liegt sie nur deshalb nicht im Krankenhaus oder gar in der Leichenhalle, weil sie sich fürchtete, in ihrem eigenen Haus zu schlafen!«
»Es gehört zu meinen Pflichten, mich nicht von Gefühlen leiten zu lassen. Ich möchte wiederholen: Ihrer Aussage zufolge besteht kein eindeutiger Zusammenhang zwischen dem Einbruch und den Anrufen und dem Fall Hawsley. Nach der derzeitigen Beweislage bestünde eine Wahrscheinlichkeit nur, wenn Mr. Hawsley eine Verbindung zum Rauschgifthandel nachzuweisen wäre.«
»Diese vier Männer, bewaffnet mit Messern und mindestens einer Feuerwaffe, brachen demnach nur aus Zufall bei Miss Radford ein?«
»So etwas kommt bedauerlicherweise vor.«
»Soll das heißen, daß Sie sie immer noch nicht unter Polizeischutz stellen wollen? Mr. Jennings sagte –«
»Er hat mich über seine Äußerungen genau informiert. Die Entscheidung der Anordnung zum Polizeischutz rund um die Uhr liegt bei mir; ich kann dem Antrag angesichts des Sachverhalts leider nicht zustimmen.«
»Dann kann ich nur hoffen, daß Sie eines Tages die Konsequenzen Ihrer Paragraphenreiterei zu tragen haben.«
Damit verließ Brent den Raum und haßte den Detec-

tive Inspector nun fast so sehr wie die Männer, die Susan hatten angreifen wollen.

Veronica kam an die Haustür von Mereton Hall. »Tag, Jim. Ist das Wetter nicht herrlich?«
Sie fragte weder nach dem Pflaster an seinem Hals noch nach dem Bluterguß an seiner Wange. Vielleicht übersieht sie das, weil ihr alles gleichgültig ist, was sie nicht direkt betrifft, dachte er; vielleicht hält sie es für unhöflich, sich nach Verletzungen zu erkundigen; vielleicht ist es ihr auch völlig egal, was dem Freund ihrer Tochter zugestoßen ist. »In der Tat«, erwiderte er. »Ein wunderschöner Tag.«
»Phillips hofft auf eine Woche gutes Wetter; die Pflanzen in dem neuen Beet am Südrasen stehen dann nämlich in voller Blüte.«
Er rang sich einigen Enthusiasmus über das neue Beet ab. »Ist Susan zu Hause?« fragte er dann.
Sie antwortete nicht sofort, sondern starrte ihn an und zog die Stirn kraus. »Sie macht mir Sorgen«, meinte sie dann. »Irgend etwas scheint sie aufzuregen, aber sie will nicht darüber sprechen. Nun, sie war schon als kleines Mädchen ein wenig verschlossen ... Wissen Sie vielleicht, was los ist?«
»Es könnte etwas mit meinem Beruf zu tun haben.«
»Oh! Ist sie deshalb nach Hause gekommen?«
»Ja. Ist sie da?«
»Zuletzt habe ich sie am Schwimmbecken gesehen.«
»Dann gehe ich einmal nachsehen, ob sie noch da ist.«
Er ging zurück zur Einfahrt und dann um das Haus herum. Sein Weg führte ihn über einen schmalen Weg zwischen den alten Stallungen und dem eingefriedeten Küchengarten.
Hinter dem ovalen Becken stand ein Ziegelbau, der Umkleidekabinen, Dusche und Toilette, eine Küche

und ein kleines Eßzimmer enthielt. Susan, die nur einen winzigen Bikini ohne Oberteil trug, lag bäuchlings auf einer Liege. Als sie ihn kommen hörte, wandte sie den Kopf, nickte ihm zu und setzte sich auf. Der Anblick ihrer hübschen Brüste erregte ihn sofort, und er fragte sich nicht zum ersten Mal unmutig, warum Männer so leicht in Fahrt kamen, während Frauen ihre Leidenschaft offenbar immer beherrschen konnten.

»Hallo, Süßer«, grüßte sie.

»Süßer« ging in Ordnung; »Schatz« war gewöhnlich. Bei ihr mußte man den Katalog akzeptabler Bezeichnungen auswendig wissen. Er gab ihr einen Kuß und streichelte ihre rechte Brust leicht.

»Laß das«, sagte sie und schob seine Hand weg. »Nicht hier. Phillips arbeitet irgendwo hier in der Nähe herum, und wenn er uns so sieht, regt er sich auf. Er ist viel zu alt, und Veronica verziehe mir nie, wenn er vor der Gartenschau einen Herzanfall bekäme.«

Er setzte sich neben sie.

»Jim, was ist passiert?«

»Ich habe herausgefunden, daß man sich in einem Doppelbett allein schrecklich einsam fühlt.«

»Das habe ich nicht gemeint. Was ist dir passiert. Bist du in eine Schlägerei geraten?«

»Ja, aber die verlief nicht nach den Regeln der ›noblen und männlichen Kunst des Boxens‹, wie sie der Marques of Queensbury herausgab.«

»Was soll das heißen?«

»Ich war gestern abend deprimiert und soff mich ziemlich zu. Und wenn ich das tue, wache ich mitten in der Nacht auf und kann nicht wieder einschlafen – und als ich schon längere Zeit wachlag, hörte ich jemanden im Haus!«

»Mein Gott! Hast du die Polizei angerufen?«

»Das wäre nicht sehr klug gewesen. Sie hätten mich bestimmt telefonieren gehört und dann gewußt, daß sie entdeckt waren. Und die Polizei konnte nicht rechtzeitig kommen, um mir zu helfen. So schnappte ich mir eine Schwingkeule, legte Sprühdosen auf den Boden und wartete ab. Als sie ins Schlafzimmer kamen, hatte ich das Überraschungsmoment auf meiner Seite.«

»Wie viele waren es?«

»Vier.«

»Hatten die es etwa auf mich abgesehen?«

»Wahrscheinlicher ist, daß sie nach Wertsachen suchten«, meinte Brent und wiederholte Fawcus' Spekulation, die er selbst so verächtlich zurückgewiesen hatte. Sie schien ihm überhaupt nicht zugehört zu haben. »Sie wollten diese grauenhaften Sachen mit mir machen, die mir der Mann am Telefon androhte.«

»Das bezweifle ich –«

»Man hätte mich vergewaltigt und noch schlimmere Sachen mit mir angestellt . . . Mir wird schlecht!«

Er griff nach ihrer Hand, um sie zu trösten, aber sie zog sie – aus Zufall vielleicht – vorher weg. »Susie, das muß schlimm für dich sein, aber steigere dich jetzt bitte nicht in die Sache hinein. Es ist dir ja nichts passiert.«

»Aber wenn ich zu Hause gewesen wäre, hätten sie das alles mit mir gemacht.«

»Du warst aber nicht zu Hause. Außerdem hätten sie es mit mir zu tun bekommen, genau wie gestern.« Das stimmte natürlich nicht. Wäre sie zu Hause gewesen, hätte er weniger getrunken und wäre nicht wach gewesen, als sie sich dem Schlafzimmer näherten.

»Ich . . . ich brauch was zu trinken.« Sie stand auf und eilte zu dem Gebäude am Schwimmbecken.

Sie hatte ihn nicht gefragt, wie ernst seine Verletzun-

gen waren, sondern nur an sich gedacht ... Er schämte sich dieses Gedankens. Man sah ihm ja an, daß ihm nichts Ernsthaftes fehlte; kein Wunder also, daß sie sich in Gedanken vorwiegend mit dem beschäftigte, was ihr hätte zustoßen können.
Und dann begann die Angst wieder in ihm zu nagen. Er konnte nicht wissen, wie gut der Nachrichtendienst der Gegenseite war und ob man Susans Identität festgestellt hatte. Wenn man sie kannte und wußte, daß sie sich nicht mehr in Grangeway aufhielt, mußte man vermuten, daß sie sich bei ihren Eltern aufhielt, und die ließen sich leicht ausfindig machen. Dem entschlossenen Angriff mehrerer Männer konnten weder die Alarmanlagen noch die beiden Rottweiler standhalten.
Es hatte den Anschein, als schenkte sie ihm kein Glas ein. Er stand auf und ging zu ihr. Einen Drink hatte er ebenso nötig wie sie.

Brent hatte am Telefon festgestellt, daß Hawsley um sechs Uhr mit dem Zug aus London zurückkehren wollte. Nun plante er, ihn auf der Cockscomb Farm abzufangen.
Brent saß am Steuer des auf der Landstraße geparkten Escort und schaute in den Rückspiegel. Mit distanziertem Erstaunen erkannte er, daß sich sein Vorhaben nur im Inhalt, nicht aber in der Form von O'Connors Tat unterschied; diese Tat hatte er damals zwar scharf kritisiert, seinen Kollegen aber dennoch gedeckt.
Nun erschien ein grünes Fahrzeug im Rückspiegel, noch zu weit entfernt, um sich identifizieren zu lassen. Er wartete, bis es herangekommen war, und als es an ihm vorbeifuhr, erkannte er Hawsley, der am Steuer saß. Brent ließ den Escort an und fuhr los.
Er parkte in der Einfahrt und ging zur Garage. Hawsley

stieg gerade mit einer Aktentasche in der Hand aus dem Toyota, den er links von dem BMW abgestellt hatte. Als er sich aufrichtete und Brent sah, verriet seine Miene Überraschung, Angst und schließlich die Entschlossenheit, ein großes Geschrei zu machen. »Sie haben kein Recht, dauernd hier aufzutauchen und uns lästig zu fallen.«

»Es ist etwas passiert, das mir das Recht gibt. Meine Freundin ist telefonisch bedroht worden.«

»Damit habe ich nichts zu tun.«

»Sie werden gleich feststellen, daß das eine Menge mit Ihnen zu tun hat. Man hat gedroht, die ekelhaftesten und perversesten Dinge mit ihr anzustellen, wenn sie mich nicht dazu überredet, meine Aussage gegen Sie zurückzunehmen. Gestern nacht brachen vier Männer in ihr Haus ein, um diese Drohung wahrzumachen. Sie war nicht anwesend, und ich war gerade wach. Wenn sie im Haus gewesen wäre und wir beide geschlafen hätten ...« Unvermittelt packte er Hawsley an den Aufschlägen seines Jacketts, ballte die rechte Faust und hob sie. Dann, nach zwei Sekunden, in deren Verlauf Hawsleys Gesicht sich zu einer Maske verzerrt hatte, stieß er den Mann mit solcher Gewalt von sich, daß er gegen die Flanke des Autos prallte und dabei die Aktentasche fallen ließ. »Wenn so etwas noch einmal versucht wird, nehme ich Sie auseinander, und zwar noch schlimmer. Und wenn Sie das für unmöglich halten, weil Sie keine Frau sind, mangelt es Ihnen an Phantasie. Lassen Sie diese Schläger von ihren Bossen zurückpfeifen, sonst können Sie von Glück sagen, wenn Sie wenigstens noch lebend ins Krankenhaus kommen.«

Hawsley ergriff die Flucht. Er hetzte um den Toyota herum, stieß dabei etwas aus einem Regal, und verschwand durch die Tür.

Brent wandte sich zum Gehen und stolperte über einen Gegenstand, verlor das Gleichgewicht und mußte sich an der Garagenwand abstützen ... Er schaute zu Boden und sah die Aktentasche – eine Chance, die er sich nicht entgehen ließ. Er hob sie auf und öffnete sie. Sie enthielt Papiere, mit einer Ausnahme Konten, Statistiken, Aktennotizen und Computergrafiken der Weinfirma. Die Ausnahme stellte eine Rechnung über 165 Pfund an eine Ms. Simpson dar. Er steckte sie ein, warf die anderen Papiere in die Aktentasche und ließ sie wieder auf den Boden fallen.
Dann stieg er in sein Auto und fuhr zurück.

Da es ihm in Grangeway nicht mehr sicher genug war, nahm er sich ein Zimmer in einer Polizeiunterkunft (immer mehr ledige Beamte kauften sich Häuser, deshalb war dort immer etwas frei). Er setzte sich aufs Bett und schaute sich um. Krankenhausbett, Wandschrank, Kommode, renovierungsbedürftige Wände, verschossene Vorhänge, ein Brandfleck im Teppichboden. Welcher Kontrast zu dem teuer eingerichteten, geschmackvoll femininen Schlafzimmer in Grangeway ...
Er holte die Quittung aus der Tasche. Ms. Simpson. Mrs. oder Miss? Warum hatte Hawsley eine Rechnung über 165 Pfund dabei, die den Namen einer Frau, aber nicht seiner, trug? Er hoffte, daß die Antwort auf diese Frage die Ermittlung wert war.

17

Cindy's in der Priory Road am Westrand des feinen Knightsbridge war eine Art von Geschäft, das ein Mann nur zögernd betritt. Im Schaufenster waren zwei Kleider und drei Röcke auf Drahtpuppen in seltsamen Posen drapiert, und es gab auch einige sehr knappe Stücke zu sehen; drinnen arbeiteten Verkäuferinnen mit kultiviertem Akzent und einem ausgeprägten Mangel an Begeisterung.

»Ich nehme an, daß sie Zeit für Sie hat«, meinte eine Blondine zweifelnd.

»Fragen Sie doch einmal nach«, schlug Brent vor.

Sie machte kehrt und ging in ein kleines Büro hinter dem Laden. Die Besitzerin war eine forsche, selbstsichere Frau, deren Kleid für eine Dame ihres Alters eigentlich zu jugendlich war. Ihr aber stand es. »Können Sie sich als Polizeibeamter ausweisen?«

Er zeigte ihr seinen Dienstausweis.

»Verzeihung, aber heutzutage kann man nichts für bare Münze nehmen.« Sie setzte sich an ihren Schreibtisch. »Nun, was möchten Sie von mir wissen?«

Er holte die Rechnung hervor, die er in Hawsleys Aktentasche gefunden hatte, und reichte sie ihr. »Könnten Sie mir die Anschrift dieser Kundin nennen?«

Sie warf einen kurzen Blick auf das Papier. »Die müßten wir in unseren Akten haben.«

»Würden Sie dann bitte einmal nachsehen?«

»Ich weiß nicht so recht. In unserer Branche erwarten die Kunden große Diskretion. Ich kann mich erst einverstanden erklären, wenn Sie mir einen guten Grund genannt haben.«

»Ich bearbeite einen Fall, und diese Rechnung war im Besitz einer Person, die uns aufgefallen ist. Sie müssen sich im klaren darüber sein, daß wir jeden Hinweis und jede Person überprüfen müssen, auch wenn die Möglichkeit eines direkten Zusammenhangs mit dem Fall sehr gering ist. In neunundneunzig von hundert Fällen stellen wir fest, daß der oder die Betreffende völlig unschuldig ist. Und wenn wir das wissen, sorgen wir dafür, daß ihr Name vor Gericht nicht genannt wird – wie Sie wissen, kann ein guter Ruf leicht Schaden nehmen.«

»Und ob ich das weiß . . . Gut, ich sehe einmal nach.«

Sie zog eine Aktenschublade auf und sah einige Papiere durch. »Die Kundin heißt Miss Margaret Simpson und wohnt in 4C Winslow Mansions, Prater Street.«

»Was können Sie mir sonst noch über sie sagen? Ist sie jung, in mittleren Jahren oder älter; kauft sie häufig bei Ihnen?«

»Ich habe sie nie bedient, aber eine meiner Verkäuferinnen beriet sie mehrere Male und unterhielt sich oft mit ihr; manche Kunden sind erstaunlich gesprächig. Aus diesem Grund war ich auch nicht sofort bereit, auf Ihre Frage einzugehen. Miss Simpson ist Mitte Zwanzig, recht attraktiv, und das auf eine ziemlich offensichtliche Weise. Ihr Geschmack ist nicht besonders gut, was an ihrer Herkunft liegen mag, aber sie läßt sich meist gerne beraten. Sie kauft nicht nur Kleider, sondern auch ihr Parfüm hier.«

»Ist sie wohlhabend?«

»Sagen wir, man braucht ein recht beträchtliches Einkommen, um solche Summen für Kleider und Parfüm ausgeben zu können. Die Rechnungen aber werden von jemand anderem beglichen.«

»Und wer ist das?«

»Ein Herr. Seinen Namen verschweige ich Ihnen nicht etwa aus Diskretion; hier kennt ihn einfach niemand.«

»Er zahlt also nicht mit Scheck oder Kreditkarte?«

»Nein, immer in bar.«
»Haben Sie ihn einmal gesehen?«
»Einmal, aber nur kurz.«
»Können Sie ihn beschreiben?«
»Nein. Das ist schon zu lange her.«
»Ist er Mitte Vierzig, knapp einsachtzig groß, hat schütteres braunes Haar, ein rundes Gesicht, eine Narbe an der rechten Wange?«
»Das könnte er sein, aber beschwören kann ich das nicht. Wie ich schon sagte, es ist schon Monate her, daß ich ihn sah.«
»Können Sie mir sonst noch etwas über Miss Simpson oder diesen Mann sagen?«
»Nein.«
Er stand auf. »Vielen Dank für Ihre Hilfe.«
Sie schaute zu ihm auf. »Verliere ich jetzt eine gute Kundin?«
»Wenn das so kommt, bedauern Sie den Verlust nicht. Seien Sie eher dankbar.«
»Das klingt rätselhaft.«
»Wir müssen sogar noch diskreter sein als Sie.«
Er ließ sich den Weg zur Prater Street weisen und verabschiedete sich. Winslow Mansions war ein großer viktorianischer Bau mit einer gemusterten Backsteinfassade. In der imposanten Eingangshalle saß ein Mann in Uniform an einem Tisch. Brent ging zu ihm.
»Ich möchte zu Wohnung 4C«, erklärte er und wandte sich zum Aufzug.
»Halt, Moment mal.«
»Was ist?«
»Sie werden nicht erwartet.«
»Woher wollen Sie das wissen?«
»Nun, werden Sie erwartet oder nicht?«
»Polizei.«
Die Miene des Portiers verriet lüsterne Neugier.

Brent fuhr mit dem Aufzug in den vierten Stock, wo von einem kleinen Absatz mit Teppichboden ausgelegte Korridore nach rechts und links abgingen. An der Tür von Wohnung 4C drückte er auf den unter einer Sprechanlage angebrachten Klingelknopf. Keine Reaktion. Er läutete noch einmal und sehr viel länger. Nach einer weiteren Verzögerung klang eine Frauenstimme aus dem Lautsprecher: »Was wollen Sie?«
»Miss Simpson?«
»Und?«
»Darf ich Sie einmal kurz sprechen? Ich bin Detective Constable Brent.« Zur Antwort bekam er einen Laut der Überraschung, der, wie er meinte, etwas ordinär klang. »Wenn Sie meinen Dienstausweis sehen wollen, halte ich ihn vor den Spion.«
»Moment.«
Er wartete und wurde, als einige Minuten verstrichen, ungeduldig. Er wollte gerade wieder klingeln, als er hörte, wie sie eine Vorhängekette aushängte und zwei Schlösser öffnete. Dann ging die Tür auf.
Die Inhaberin von Cindy's hatte sie als »recht attraktiv« bezeichnet und diesem lauwarmen Lob noch den indirekten Hinweis auf Mangel an Geschmack hinzugesetzt. Entweder war ihre Beschreibung von Neid gefärbt, oder alle ihre anderen Kundinnen waren Anwärterinnen auf den Titel der Miss Universum. Sie hatte welliges blondes Haar, ein ovales Gesicht mit Pfirsichteint, dunkelblaue Augen und geschwungene Lippen, die ihr eine auf unschuldige Art sinnliche Ausstrahlung gaben. Ihre Kleidung, die man bei Cindy's bestimmt nicht gebilligt hätte, bestand aus einer Bluse und Designerjeans, die ihre makellose Figur betonten. Sie wirkte ein wenig unfrisiert, ein Blusenknopf stand offen, und ihre Jeans saßen schief – ein Hinweis, daß sie sich sehr hastig angezogen hatte. »Bedaure, Sie stö-

ren zu müssen«, erklärte er forsch-fröhlich, »aber ich muß Ihnen ein paar Fragen stellen.«
»Worum geht es denn?« fragte sie nervös.
»Setzen wir uns doch erst einmal, das macht die Sache einfacher.«
Sie zögerte. Er brachte damit zum Ausdruck, daß er den ganzen Tag Zeit hatte.
»Na, dann kommen Sie wohl besser herein«, murmelte sie schließlich.
Das Wohnzimmer war groß; ein riesiges Fenster nahm fast die ganze Außenwand ein. Die Geräuschisolierung war so gut, daß von dem Verkehrslärm kaum mehr als ein Summen zu vernehmen war. Die Einrichtung war eher auffällig als bemerkenswert, das Teppichmuster eine Farbenexplosion, und die gerahmten Drucke an der Wand stammten entweder von einem Kind oder von einem zeitgenössischen Künstler, dessen Arbeiten gerade in Mode waren.
Sie setzte sich. »Na gut, was wollen Sie wissen?«
Er machte es sich bequem. »Ich interessiere mich für Ashley Hawsley.«
Sie war schockiert, und ihre Züge wurden zwei Sekunden lang schlaff. Sie starrte ihn mit großen Augen an und schaute dann weg. »Wer ist das?«
»Er wohnt bei Seetonhurst.«
»Den Namen hab' ich noch nie gehört.«
»Bestimmt nicht?«
»Nein. Sagte ich doch gerade.« Sie stand auf und eilte aus dem Zimmer. Als sie zurückkam, sprach sie ruhiger. »Sie müssen sich irren.«
»So? Sonderbar. Wie kommt es dann, daß Ashley Hawsley bei Cindy's alle Ihre Rechnungen bezahlt?«
»Warum spionieren Sie mir nach?« versetzte sie heftig.
»Ich spioniere nicht, sondern ziehe nur ein paar Erkundigungen ein. So, nun reden Sie einmal von ihm.«

»Sie können mich mal.« Sie öffnete eine silberne Zigarettendose, holte eine Zigarette heraus und steckte sie mit einem goldenen Feuerzeug an.
»Ich könnte mich mal in der Wohnung umsehen.«
»Wo ist der Haussuchungsbefehl?«
»Ich habe keinen. Aber was könnte das schaden, wenn alles in Ordnung ist?«
»Mein privater Bereich geht niemanden was an.«
»Keine Angst, ich mache schon keinen Ärger. Ich bin tolerant.«
»Was soll das heißen?«
»Mich stört es nicht, wenn andere sich amüsieren. Wenn ich zum Beispiel in einem der Schlafzimmer einen jungen Mann fände, würde ich Ihnen nicht die Leviten lesen, sondern Ihnen eher zu Ihrem Vergnügen gratulieren.«
»Dummes Geschwätz.«
»Wetten, daß Sie jemanden bei sich haben?«
»Es geht Sie einen Dreck an, wer wo ist.«
»Da könnten Sie recht haben. Es geht mich ja nun wirklich nichts an, und Sie haben mir ja sehr geholfen. Warum sollte ich es also Mr. Hawsley sagen? Der Arme bekäme ja ein Zwölffingerdarmgeschwür.«
Sie drückte die Zigarette aus und ging aus dem Zimmer.
Nach einer Weile hörte er Murmeln in der Diele und stellte sich einen Mann vor, der versuchte, die Wohnung so rasch und diskret wie möglich zu verlassen. Die Wohnungstür wurde geöffnet und wieder geschlossen. Miss Simpson kam aber erst ein wenig später ins Wohnzimmer zurück. Ihre Frisur saß perfekt, die Bluse war zugeknöpft, und auch ihre Jeans waren glattgezogen. Nun wirkte sie etwas selbstsicherer. »Er ist ein sehr netter Mann«, meinte sie wegwerfend.
»Der Glückspilz, der sich gerade empfahl?«

»Nein, Ashley.«
»Aha. Und Sie sind nur gute Freunde?«
»Müssen Sie eigentlich so spitzfindig sein?«
Er grinste. »Ach wo, ich bin nicht spitzfindig, sondern nur ein Typ, der zu oft den Mund zu weit aufmacht.«
Auf diese spöttische Selbstkritik war sie nicht gefaßt gewesen. Sie schaute ihn ungläubig an.
»Lassen Sie mich etwas klarstellen. Ihr Lebensstil ist Ihre Sache und interessiert mich nicht. Ich will von Ihnen nur hören, was Sie über Hawsley wissen.«
»Und warum interessieren Sie sich für ihn?«
»Berufsgeheimnis.«
Sie steckte sich eine neue Zigarette an. »Mögen Sie Sekt?«
»Mag der Affe Bananen?«
Sie erhob sich, ging aus dem Zimmer, und als sie zurückkam, trug sie ein Tablett mit einem Sektkühler, der eine ungeöffnete Flasche und zwei schlanke Gläser enthielt. Sie stellte das Tablett auf einen Tisch aus Chromstahl und Glas, öffnete gekonnt die Flasche, schenkte ein und reichte ihm ein Glas. Nachdem sie sich wieder gesetzt hatte, trank sie durstig.
Heute nicht das erste Glas, dachte er, ist das der Grund für den plötzlichen Mut? Er trank. »Hm, nicht übel. Stammt der Sekt von Ashleys Firma?«
»Klar. Steht kistenweise in der Wohnung rum. Manchmal krieg ich das Zeug über.«
»Denken Sie an mich, wenn es wieder mal soweit ist.«
Er leerte sein Glas und gab ihr zu verstehen, daß er gerne mehr wollte.
»Bedienen Sie sich selbst.«
Er ging an den Tisch, füllte ihr Glas und dann seines. Als er wieder neben ihr saß, sagte er: »Erzählen Sie mir doch einmal, wo Sie Hawsley kennengelernt haben.«
Erst sprach sie langsam und vorsichtig. Dann aber –

das nächste Glas Sekt war schon halb leer – begann der Redefluß. Sie hatte Hawsley getroffen, als er noch in London arbeitete, und zwar auf einer Party, bei der sie lieb zu lächeln und nicht zu quietschen hatte, wenn ein angesäuselter Kavalier sie in den Po kniff. Hawsley hatte sich mit ihr unterhalten, und da er ihr sympathisch war, verbrachte sie den Rest des Abends mit ihm zusammen. Er fuhr sie nach Hause zu ihrer kleinen, schäbigen Wohnung in Acton, die sie mit zwei anderen jungen Frauen teilte, und er schlug zu ihrer Überraschung keinen Schlaftrunk vor. Sie hatte sich kurz gefragt, ob er vielleicht schwul war und sich nur zur Tarnung um sie bemüht hatte. Vielleicht war er auch eines der letzten überlebenden Exemplare der gefährdeten Spezies »Gentleman«? Oder nur nervös?
Im Lauf der nächsten Wochen stellte sich heraus, daß er sehr nervös war, weil er befürchtete, zum Narren gehalten zu werden. Er stellte sicher, daß er sich keinen peinlichen Korb holte. Am Ende aber war das Verlangen stärker gewesen als die Vorsicht. Doch was hatte sie von einem Mann in mittleren Jahren, der bereits eine Glatze bekam und längst nicht mehr mit seiner Frau schlief?
»Und wissen Sie, er hat nie von ihr geredet. Die meisten anderen labern endlos über ihre Frauen, um sich zu rechtfertigen ...«
Hawsley war aus ihrem Leben verschwunden. In den seltenen Momenten, in denen sie an ihn dachte, glaubte sie, daß er aufgegeben hatte. Doch als sie gerade eine der schwersten Phasen ihres Lebens durchmachte, war er wiederaufgetaucht. Er war zwar immer noch älter und kahl, schwamm aber nun im Geld ...
Er hatte ihr die Luxuswohnung gemietet, ihr ein sehr großzügiges Taschengeld gegeben und fraglos alle ihre Rechnungen beglichen; im Gegenzug verlangte er

nur, daß sie ihn liebte und nicht sein Geld und daß sie ihm treu blieb. Ihrem Verstand fiel es leicht, ihn zu belügen; ihr Körper hatte da größere Probleme. Manchmal sehnte sie sich nach einem Feuer, das hell brannte und nicht nur schwelte ...

»Ehrlich, manchmal hat er echt Probleme.«

»Das passiert selbst den Besten.«

»Woher wissen Sie das?« fragte sie schelmisch.

Er grinste. »Also, ich will ja nicht prahlen, aber ...«

»Ich weiß«, sagte sie, »Sie sind der Größte. Ich habe noch keinen Mann erlebt, der das nicht von sich behauptet. Bilden Sie sich denn wirklich ein, es gäbe einen großen Unterschied zwischen euch Kerlen?«

»Sie deprimieren mich.«

»Dann trinken Sie noch ein Glas.«

Er leerte die Flasche in ihr Glas.

»Im Kühlschrank stehen noch Mengen.«

Die Küche war groß und mit allen verfügbaren elektrischen Geräten ausgestattet. In dem riesigen, doppeltürigen Kühlschrank gab es kaum Lebensmittel – offenbar kochte sie nur selten – aber ein Dutzend Flaschen Sekt. Er nahm eine heraus und schaute sich nun zum ersten Mal das Etikett an. Ein primitives Aquarell stellte fröhliche Winzer bei der Weinlese dar. Darunter stand in roten Lettern *Embotellado por Rotga SA, Sudperelada.*

Im Wohnzimmer füllte er ihr Glas auf und schenkte sich dann selbst nach. »Und wo hat er Ihrer Meinung nach das ganze Geld her?«

»Wie soll ich das wissen? Er redet nie darüber. Eines aber kann ich Ihnen verraten: Er braucht dafür nichts zu riskieren.«

Eine korrekte Einschätzung. »Sie haben bestimmt viele Freunde von ihm kennengelernt.«

»Glauben Sie denn, er geht das Risiko ein, daß seine

Frau von mir erfährt? Oder daß ich einen Jüngeren kennenlerne, der ebensoviel Geld hat wie er?«
»Sie haben also noch niemanden aus seinem Bekanntenkreis getroffen?«
»Nein, abgesehen von einem dicken alten Spanier, der unerwartet im Hotel auftauchte. Widerwärtiger Typ. Seine Hand fühlte sich an wie ein lauer Schwamm.«
»Und wo war das?«
»In Spanien natürlich.«
»Wo genau?«
»Weiß ich nicht mehr. Namen kann ich mir nicht merken. Aber es war in der Gegend, wo der Wein wächst, den seine Firma importiert.«
»Und was taten Sie dort?«
»Ashley nimmt mich immer mit, wenn er nach Spanien fliegt. Beim ersten Mal stellte ich mir das ganz toll vor – feines Hotel, Sonne, Sand und See, eine Luxusjacht und überall Männer, die wie Paul Newman aussehen ... aber Pustekuchen. Wenn er geschäftlich fortmußte, durfte ich die Suite nicht verlassen, weil er Angst hatte, ich könnte auf die Schnelle einen Kellner vernaschen.«
»Wie hieß dieser Spanier?«
»Joan.« Sie kicherte. »Erst dachte ich, er wäre ein Transvestit, aber dann stellte ich fest, daß das in Spanien tatsächlich ein Männername ist.«
»Und sein Nachname?«
»Den hab' ich vergessen. Was macht das schon?«
»Und was tat dieser Spanier?«
»Ehrlich, werden Sie fürs Ausquetschen bezahlt?« Sie trank einen großen Schluck und steckte sich eine neue Zigarette an.
»Arbeitete er bei der Kellerei?«
»Ja.«

»Und warum tauchte er unerwartet auf? Gab es ein Problem?«
»Ashley sperrte mich ins Schlafzimmer.«
»Und das machte Sie so sauer, daß Sie am Schlüsselloch lauschten.«
Sie kicherte wieder.
»Was hörten Sie?«
Sie fluchte, schmollte, trank und gab endlich Antwort.
»Genau bekam ich es nicht mit, aber es ging um Geld. Als Ashley näher an die Tür kam, hörte ich ihn sagen, es stünde ihm mehr zu.«
»Mehr als was?«
»Weiß ich nicht. Er entfernte sich wieder.«
»Was geschah dann?«
»Der Spanier ging, und Ashley hatte miese Laune. Am nächsten Tag aber ging er aus, und als er zurückkam, war er in bester Stimmung und . . .«
»Ja?«
»Verdammt, wen interessiert das?«
»Mich zum Beispiel.«
»Er war in bester Stimmung, weil seine Aktentasche mit Dollarnoten vollgestopft war.«
»Woher wissen Sie das?«
»Na, weil ich reingeschaut hab', als er auf dem Klo war . . . Schenken Sie mir noch mal ein, trinken wir weiter.«
»Tut mir leid, aber ich muß fort; bin schon viel zu spät dran.« Brent stand auf.
Sie schaute zu ihm auf. »Wozu die Eile? Haben Sie etwa Angst?« fragte sie verärgert und nuschelte ein wenig.

18

Ehe er zum Mittagessen in die Kantine ging, schaute Brent aufs Schwarze Brett neben dem Eingang und sah zwei Nachrichten für sich. Sergeant O'Connor wollte sofort angerufen werden. Detective Inspector Fawcus forderte ihn auf, sich am nächsten Morgen um neun in seinem Büro zu melden.
Er betrat die Kantine, nahm sich ein Tablett, ging an der Theke entlang und wählte Salat, Bratwürste, gebakkene Bohnen und Apfeltorte. Die Frau an der Kasse meinte, er sähe ein bißchen spitz um die Nase herum aus und sei urlaubsreif.
Über seinen Vorschlag, das nächste Wochenende mit ihm in Brighton zu verbringen, mußte sie so lachen, daß ihre neunzig Kilo nur so schwabbelten.
Er setzte sich allein an einen Tisch und aß rasch; ihm war bewußt, daß eine peinliche Situation entstanden wäre, wenn er sich zu Kollegen gesetzt hätte. Ein vom Dienst suspendierter Kriminalbeamter war kein willkommener Tischgenosse.
Er verließ die Kantine, suchte in den Taschen nach Kleingeld und wählte dann an einem Münztelefon im Gang O'Connors Nummer. »Pam, ich bin gerade zurück und sehe, daß Hugh mich sprechen will.«
»Augenblick, er kommt gleich.«
Sie mußte von dem Kampf in Grangeway gehört haben, denn sie erkundigte sich nicht wie sonst nach seinem Befinden. Verwicklung in ein Verbrechen verändert Menschen auf unvorhersehbare Weise.
»Was will der Chef?« fragte O'Connor abrupt und ohne Gruß. »Er hat mich heute schon zweimal angerufen und wollte wissen, wo Sie abgeblieben sind. Das wüßte ich nicht, sagte ich, aber das nahm er mir wohl nicht ab. Was will er?«

»Keine Ahnung. Ich habe nicht mit ihm gesprochen und weiß nur, daß ich morgen früh um neun bei ihm anzutanzen habe.«

»Sie wollen ihm doch nicht etwa sagen, was wirklich passiert ist?«

»Trauen Sie mir das etwa zu?«

»Nein, aber ... Fawcus klang, als sei die Sache sehr wichtig, und ich dachte ... Tut mir leid, Jim, aber das Ganze ist so deprimierend. Wenn bei dem Disziplinarverfahren etwas schiefgeht ...«

»Das ist ausgeschlossen, solange wir ruhig und gelassen bleiben und nicht anfangen zu glauben, daß der andere die Katze aus dem Sack gelassen hat.«

»Ich weiß ja, daß Sie mich nie im Stich lassen würden ...«

Brent hörte sich die gestammelte Entschuldigung an und wußte, daß ihre Freundschaft nie wieder so sein würde wie früher, ganz gleich, was auch geschah.

Detective Inspector Fawcus kleidete sich normalerweise mit Sorgfalt, war nun aber zu müde und gestreßt, um elegant auszusehen. »Ich traute Ihnen einige Intelligenz zu, aber was tun Sie, fahren zur Cockscomb Farm und werden gegen Mr. Hawsley gewalttätig.«

»Das stimmt nicht, Sir«, erwiderte Brent, der vor Fawcus' Schreibtisch stand.

»Er behauptet, Sie hätten ihn an der Jacke gepackt, die Faust geballt und gedroht, ihn zusammenzuschlagen, wenn Ihrer Freundin etwas zustieße.«

»Ich sprach in der Garage mit ihm. Seine Jacke berührte ich nicht, ich ballte auch nicht die Faust oder drohte ihm. Ich bat ihn nur, dafür zu sorgen, daß Miss Radford nicht weiter in diese Affäre hineingezogen wird.«

»Und das soll ich Ihnen glauben?«
»Ja, denn das Gegenteil ist nicht zu beweisen. Die meisten Vorgesetzten glauben nach Möglichkeit ihren Untergebenen.«
»›Nach Möglichkeit.‹ Da haben Sie den Kern der Sache getroffen.«
»Behauptet Mrs. Hawsley wieder fälschlich, zugegen gewesen zu sein?«
»Nein.«
»Dann steht Mr. Hawsleys Aussage gegen meine. Es steht Ihnen also frei, mir zu glauben – vorausgesetzt, Sie wollen das zur Abwechslung einmal tun.«
»Sie sind ausgesprochen unverschämt.«
»Ich versuche ja nur, Miss Radford zu schützen.«
»Und das wollen Sie erreichen, indem Sie mit Körperverletzung drohen? Haben Sie noch immer nichts gelernt?«
»Eines schon: Wer versucht, ein potentielles Opfer mit den Mitteln des Gesetzes zu schützen, verschwendet seine Zeit.«
Fawcus erwiderte verärgert und erschöpft: »Weisen Sie nach, daß diese Männer in das Haus einbrachen, weil Mr. Hawsley in Drogengeschäfte verwickelt ist. Dann empfehle ich dem Chief Superintendent sofort, Miss Radford rund um die Uhr unter Polizeischutz zu stellen.«
»Wie soll ich einen Beweis beibringen? Sie haben mich ja vom Dienst suspendiert.«
Fawcus schlug mit der Faust auf den Tisch. »Hielt Sie das davon ab, zur Cockscomb Farm zurückzukehren und Mr. Hawsley zu bedrohen? Wenn es um Ihre Karriere geht, sind Sie Ihr ärgster Feind.«
»Ich schiele nicht immer mit einem Auge auf die Dienstvorschriften.«
»Sie wollen einfach nicht einsehen, daß jede Vorschrift

aus gutem Grund erlassen wurde, daß jene, die dem Recht dienen, es auch einhalten müssen, daß es besser ist, einen Schuldigen laufenzulassen als ihn wegen gefälschter Beweise zu verurteilen.«
»Ist das auch besser für sein nächstes Opfer?«
»Es ist besser für die Gerechtigkeit im allgemeinen.«
»Und im besonderen weiß das Opfer das hoffentlich zu schätzen.«
»Nun gut, das wäre im Augenblick alles. Ehe Sie das Haus verlassen, fertigen Sie einen umfassenden Bericht über den Vorfall bei Hawsley an.«

Mereton Hall lag in der Spätnachmittagssonne und sah schön aus.
Mrs. Weston kam an die Tür. »Miss Susan ist ausgegangen«, erklärte sie, und ihr Sprachfehler fiel noch mehr auf als gewöhnlich.
»Wissen Sie, wann sie zurückkommt?« fragte Brent.
»Das kann ich leider nicht sagen.«
»Ist Mrs. Radford zu Hause?«
»Ja, sie sieht fern.«
Brent ging ins Haus und ins Wohnzimmer und sprach Veronica an. »Tag. Wissen Sie, wann Susan –«
»Augenblick«, sagte sie, ohne den Blick vom Bildschirm zu wenden.
Er setzte sich und sah die Pferde in die Gerade einlaufen. Als zwei sich vom Feld lösten, feuerte sie zu seiner Überraschung eines an. Zum ersten Mal wurde er bei ihr Zeuge einer Gefühlsregung.
Ein Pferd ging knapp vor dem anderen über die Ziellinie.
»Haben Sie eine Ahnung, wann Susan zurückkommt?« fragte er.
»Was, ein Einspruch? Einfach lächerlich!«
Sie ignorierte ihn, bis der Reporter meldete, der Ein-

spruch sei abgelehnt worden. Nummer 17 war Sieger bei drei zu eins. »Ich hatte fünf Pfund auf ihn gesetzt!« rief sie triumphierend.

Er mußte sich immer wieder über die Menschen wundern. Susan war in Gefahr, und er mochte wichtige Informationen bringen, die diese Gefahr größer oder geringer machten, aber ihre Mutter interessierte sich im Augenblick nur für die fünfzehn Pfund, die sie gewonnen hatte. Fünfzehn Pfund konnten ihr nicht mehr bedeuten als fünfzehn Pence ihm. »Wissen Sie, wann Susan heimkommt?« fragte er zum dritten Mal.

»Das weiß ich leider nicht.«

»War sie irgendwo zum Mittagessen eingeladen?«

»Da bin ich nicht sicher.«

Veronica mochte geistesabwesend sein, aber das ging nun zu weit. Sie gab ihm auf ihre elitäre Art zu verstehen, daß er kein Recht hatte, sich nach Susans Aktivitäten zu erkundigen. »Haben Sie etwas dagegen, wenn ich hier warte, bis sie zurückkommt?«

»Selbstverständlich nicht. Mögen Sie eine Tasse Tee?«

Je weniger sie einen mochten, desto höflicher wurden sie; Höflichkeit diente als Waffe bei Angriff *und* Verteidigung.

Susan kam eine Stunde später heim. Inzwischen sahen sich Veronica und Brent eine banale Quizsendung an, weil das einfacher war, als sich um Konversation zu bemühen. Er stand auf, als sie eintrat, und bei ihrem Anblick zog sich etwas in ihm zusammen; sie war so unglaublich attraktiv.

»Hallo, Jim. Wie steht's?«

Das klang, als begrüßte sie einen flüchtigen Bekannten. Andererseits erwartete er nicht, daß sie in Gegenwart ihrer Mutter Zuneigung demonstrierte. »Nicht übel, abgesehen vom Essen. Der Koch gehört wegen Etikettenschwindels vor Gericht. Puh, ich bin ver-

schwitzt und mach jetzt mal einen Satz ins Becken. Kommst du mit?«
»Klingt gut.«
»Dann geh schon mal vor, ich komme gleich nach. Irgendwo in dem kleinen Badehäuschen liegt eine Badehose.«
Sie verließen gemeinsam den Raum und trennten sich in der Halle. Er ging durch die Haustür und zum Bekken. Nachdem er sich umgezogen hatte, setzte er sich an den Beckenrand und ließ die Beine ins Wasser baumeln. Als er sie kommen hörte, drehte er sich um. Sie trug einen einteiligen Badeanzug, den er noch nie an ihr gesehen hatte; sein Schnitt hätte vor Jahren selbst einen Großvater in Begeisterung versetzt. »Donnerwetter, du bringst mich auf Gedanken!«
»Seit wann braucht deine Phantasie einen Auslöser?«
Er hatte gerade vorschlagen wollen, sich vor den neugierigen Blicken des Gärtners zurückzuziehen, damit er ihr beweisen konnte, daß seine Phantasie keiner Anregung bedurfte. Doch mit ihrem Ton machte sie klar, daß sie diesen Vorschlag zurückweisen würde. In Grangeway war sie ungehemmt, im Haus ihrer Eltern aber scheinbar tugendhaft und diskret.
»Komm, wir schwimmen zwei Längen um die Wette«, sagte sie. »Gib mir Vorsprung.«
»Von wegen! Wir legen gleichzeitig los.« Sie hatte in der Schule einen eleganten Kraulstil gelernt, er hatte sich das Schwimmen selbst beigebracht und hatte kraftvolle, aber energieverschwendende Stöße.
Sie hechtete ganz plötzlich los und hatte fünf Meter Vorsprung, ehe er überhaupt im Wasser war. Der Endspurt ging so knapp aus, daß beide Anspruch auf den Sieg erheben konnten. Sie kletterten aus dem Becken, breiteten Handtücher aus und ließen sich in der Sonne trocknen.

»Und was hast du so getrieben?« fragte sie.
»Nach Kräften dafür gesorgt, daß dir nichts passiert. Zuerst einmal nahm ich mir einen gewissen Herrn vor und drohte ihm, ihn Stück für Stück auseinanderzunehmen, falls dir etwas passieren sollte.«
»Echt?« Sie wandte den Kopf und schaute ihn an. »Stimmt, du hast so einen Raubtierblick. Muß sehr unangenehm für ihn gewesen sein. Was hat er gemacht?«
»Er ist quiekend abgehauen.«
»Schade, daß ich das nicht miterlebt habe. Ein Schuß Höhlenmensch steht einem Mann ganz gut. Sonst noch etwas?«
»Ich habe mit einer sehr attraktiven Dame geschwatzt und mit ihr zusammen ein paar Flaschen Sekt auf den Kopf gehauen.«
»Ist sie, was ich vermute?«
»In diesem Fall haben wir es mit einer Fünfundzwanzigjährigen zu tun, die mal auf den Strich ging, sich jetzt aber von einem reichen Mann aushalten läßt, der es versäumt hat, den Portier zu bestechen, damit er ihm verrät, wen sie außer ihm noch empfängt.«
»Und ihr hast du die Hölle auch heiß gemacht?«
Wie so oft, fühlte er sich in ihrer Gesellschaft unterlegen. Über bestimmte Dinge konnte er nicht scherzen.
»Du glaubst doch nicht etwa, ich brächte es fertig, eine Frau zu mißhandeln?«
»Manche finden das toll. Konnte sie dir weiterhelfen?«
»Das ist noch nicht sicher.«
»Klingt ganz untypisch für dich.«
»Ich sah vielleicht Möglichkeiten, die gar nicht existieren.«
»Klingt noch untypischer.«
»Oberflächlich betrachtet konnte sie mir nichts Nützliches sagen. Aber vielleicht hat sie etwas ausgeplap-

pert, ohne es zu merken. Sie war mit dem Mann, für den ich mich interessiere, mehrere Male geschäftlich in Spanien. Er besuchte die Firma, mit der sein Arbeitgeber Geschäfte macht. Was wollte er dort wohl?«

»Verrate du mir das.«

»Ganz normale Geschäfte machen – aber eines Tages tauchte ein Angestellter der spanischen Firma ganz unerwartet im Hotel auf. Der Anlaß für das Treffen muß potentiell gefährlich gewesen sein, denn die Frau wurde ins Schlafzimmer geschickt. Selbstverständlich lauschte sie am Schlüsselloch. Der Engländer verlangte mehr Geld. Und am nächsten Tag war seine Aktentasche voller Dollarscheine.«

»Und angedeutet ist damit, daß es sich um Schmiergeld handelte?«

»Davon bin ich fast überzeugt. Aber warum wurde es gezahlt? Damit er was tat oder unterließ? War es vielleicht nur Schweigegeld?«

»Was sollte verschwiegen werden?«

»Wahrscheinlich hatte der Engländer entdeckt, daß der Spanier jemanden betrog.«

»Seinen Arbeitgeber oder seine Frau?«

Brent drehte sich auf den Rücken, setzte sich auf und schlang die Arme um die Knie. »Es geht um Drogen, aber wir konnten bisher nichts beweisen. Der Arbeitgeber des Engländers importiert Wein aus Spanien, und das ist allem Anschein nach ein legales Unternehmen. Das Haus des Mannes ist nicht gerade imposant, er fährt einen Firmenwagen, und seine Frau besitzt einen kleinen BMW. Keine Anzeichen, daß er über seine Verhältnisse lebt – sofern man nicht weiß, daß er in London eine sehr teure Wohnung gemietet hat, in der er sich ein schniekes Kätzchen hält, das haufenweise Taschengeld und alle Rechnungen bezahlt bekommt.

Spanien ist zu einem heißen Umschlagplatz für Drogen aus Südamerika geworden, vorwiegend wegen seiner Kontakte aus der Kolonialzeit. In Galicien bringen die Schmuggler ihre Ware von den Schiffen mit Schnellbooten an Land, die mehr als sechzig Knoten schaffen und jedem Boot der Regierung einfach davonfahren. Es ist also durchaus denkbar, daß eine spanische Firma unter dem Deckmantel eines legalen Handels Drogen an ein englisches Unternehmen liefert. Der Engländer, kein Typ, der sich die Finger schmutzig macht, hat als Buchhalter dafür zu sorgen, daß niemand seine Bosse betrügt. Ein angebotenes und akzeptiertes Schweigegeld würde dann bedeuten, daß er eine Unterschlagung entdeckt hat, aber bereit ist, sie zu verschweigen.«

»Und?«

»Das wäre meine Theorie.«

»Und warum wird nichts unternommen?«

»Weil es eben eine Theorie ist, die ich nicht mit Fakten untermauern kann.«

»Durchsuche die Weinhandlung in England und decke die Fakten auf.«

»Das geht nicht ohne einen richterlichen Haussuchungsbefehl, den wir ohne ausreichende Beweise nicht bekommen. Und da mein Chef die Dienstvorschriften mit ins Bett nimmt, sind ›ausreichende Beweise‹ mit ›hieb- und stichfesten Beweisen‹ gleichzusetzen.«

»Dieser Mann hält sich also in London eine Mätresse und gibt ein Vermögen für sie aus. Ist das an sich nicht schon ein Hinweis, daß etwas faul ist?«

»Nur dann, wenn er mehr Geld ausgibt, als er verdient; genau kann man das erst sagen, wenn man seine Finanzen geprüft und festgestellt hat, daß er die Differenz nicht aus seinem Privatvermögen finanziert. Und solange kein hinreichender Verdacht besteht, dürfen wir seine privaten Finanzen nicht durchleuchten.«

»Das finde ich bescheuert.«

»Gefährlich ist es obendrein, denn solange diese Kerle frei herumlaufen . . .«

»Bin ich in Gefahr?« Sie packte seine Hand. Wieder nahm ihr Angst ihre kühle Selbstsicherheit. »Du mußt deinen Chef bewegen, etwas zu unternehmen.«

»Solange ich keine Beweise beibringe, rührt der keinen Finger.«

»Und solange nichts unternommen wird, sind auch keine Beweise beizubringen?«

»Richtig.«

»Dann . . . was wird dann?«

»Wenn ich Maggie dazu bewegen kann, mir den Spanier so genau zu beschreiben, daß ich ihn identifizieren kann, hätte ich die Möglichkeit, nach Spanien zu fliegen und ihn zu vernehmen. Mag sein, daß er mir Hinweise liefern kann.«

»Maggie ist die Freundin in London, nicht wahr? Warum hast du sie nicht schon längst ausgequetscht?«

»Ein Grund wäre, daß Frauen wie sie nur gegen Bezahlung reden. Und mein Bankkonto würde im Augenblick nicht einmal bei einem Fünfjährigen Eindruck machen.«

»Wieviel brauchst du?«

Von sich aus hätte er sie nie um Geld gebeten; unlogischerweise, weil er sich dann wie ein Zuhälter vorkam. »Insgesamt tausend. Fürs erste weniger, denn sie wird nicht wissen, was ihre Aussage wert ist. Aber mit dem Rest könnte ich die Reise nach Spanien finanzieren.«

»Ich gebe dir einen Scheck, den du gleich morgen früh einlösen kannst.«

»Ich zahle das Geld zurück, sobald ich kann.«

Sie machte sich noch nicht einmal die Mühe, ein paar

Worte zu finden, die ihm über diese peinliche Situation hinweghalfen.

19

Der Portier in Winslow Mansions grinste anzüglich.
»Na, pressiert es wieder?«
»Richtig«, gab Brent zurück.
»Was Sie für ein Schwein haben . . .«
Er fuhr mit dem Aufzug in den vierten Stock und klingelte an der Wohnungstür 4C. Maggie kam bald an die Tür, sie trug ein Negligé über dem Nachthemd. »Und was wollen Sie schon wieder?« Sie sah angespannt aus und war ungehalten; offenbar hatte sie Kopfschmerzen.
»Ich wollte Ihnen nur ein paar Fragen stellen.«
»Und wenn ich keine Lust habe, sie zu beantworten?«
»Unsinn, Sie sind doch eine vernünftige Frau.«
Sie zögerte, drehte sich dann um und ging durch die Diele ins Wohnzimmer. Er machte die Wohnungstür hinter sich zu und folgte ihr. Sie hatte sich mit untergeschlagenen Beinen auf die Couch gesetzt.
»Dann schießen Sie mal los«, meinte sie und griff nach einer Zigarette.
»Sie erzählten mir von einem Mann namens Joan, dem Sie in Spanien begegneten.«
»Und?« Sie änderte ihre Haltung, so daß das Negligé sich öffnete und ihr Nachthemd sichtbar werden ließ, das aus einem sehr leichten durchscheinenden Stoff bestand. Sie machte keine Anstalten, das Negligé wieder zu schließen.
»Erfuhren Sie, welche Position er in der spanischen Firma innehatte?«

»Wie ich schon sagte, erfuhr ich überhaupt nichts, weil ich ins Schlafzimmer verbannt wurde. Ich weiß nur, daß seine Hand sich anfühlte wie ein fauler Fisch.«
»Fiel sein Nachname?«
»Nein.«
»Dann versuchen Sie doch bitte einmal, ihn zu beschreiben.«
»Warum eigentlich?« Sie streckte die Beine aus und ließ das Negligé noch weiter aufklaffen. »Na, wie weit sehen Sie jetzt?« fragte sie dann verächtlich.
Er zuckte die Achseln.
»Was ist denn los? Sie wollen wohl nicht zugeben, daß Sie mich gern anschauen? Wie scheinheilig ihr Kerle doch alle seid! Sind Sie verheiratet?«
»Nein.«
»Dann haben Sie bestimmt eine Freundin, die anständiger ist als ich?«
»Warum ziehen Sie sich eigentlich so an der Situation hoch?«
Sie fluchte etwas Unverständliches.
»War Joan hochgewachsen, mittelgroß oder klein? Dick oder dünn? Schwarzes Haar, braunes Haar, Glatze?«
»Hab' ich vergessen.«
»Dann strengen Sie Ihr Gedächtnis mal an.«
»Halten Sie mich für blöd? Ashley macht irgendwie einen Haufen Geld. Sie sind hinter ihm her, weil Sie glauben, daß etwas faul ist. Sie können aber nichts machen und glauben, daß dieser Spanier Ihnen etwas in die Hand gibt . . . Wenn Sie mit ihm reden, sagt er vielleicht etwas, das Ashley ins Gefängnis bringt. Und was wird dann aus mir? Ich wäre ja schön dumm, Ihnen noch etwas zu erzählen.«
»Den schnappen wir ganz sicher, ob Sie nun reden oder nicht.«

»Ach wirklich? Warum sind Sie dann hier?«

»Ich suche nur nach einer Abkürzung. Tun Sie doch etwas für eine gesicherte Zukunft.«

»Wie sicher soll die sein?«

»Zweihundert.«

Sie lachte spöttisch. »Zweihundert? Sie sind vielleicht lustig, ich täte für zweitausend den Mund nicht auf. Sie sind wirklich naiv.«

Zu spät erkannte er, daß sie recht hatte; sie dachte offenbar in ganz anderen Summen als er. »Er hat mit Drogen zu tun«, sagte er barsch.

»Und?«

»Ist Ihnen denn nicht klar, was das bedeutet?«

»Klar. Er ist noch reicher, als ich angenommen hatte, und ich kann jetzt öfter einkaufen gehen.«

»Wissen Sie, wie viele Leben der Rauschgifthandel ruiniert?«

»Was fragen Sie mich da – ob ich miterlebt habe, wie Leute süchtig werden? Sie haben ja keine Vorstellung. Ich habe mehr Leute an Drogen sterben gesehen, als Sie Sommer erlebt haben.«

»Dann haben Sie jetzt die Chance, andere vor diesem Schicksal zu bewahren.«

»Ich bin doch nicht bei der Heilsarmee. Was geht mich das an?«

Er fragte sich, ob es einen Sinn hatte, das Gespräch noch weiterzuführen, und kam zu dem Schluß, daß es sinnlos war. Gestern war sie leicht angetrunken und verängstigt gewesen und hatte deshalb achtlos geredet; heute war sie nüchtern und auf der Hut. Er stand auf.

»Was, Sie wollen schon wieder weg?« spottete sie. »Sie wollen also nicht wissen, wie der Spanier aussieht?«

»Nein, das interessiert mich nicht mehr.«

»Wenn Sie mich ganz lieb bitten, erzähle ich Ihnen ge-

nau, wie er aussieht – bis auf die große, häßliche Warze an seinem Hals. Und wenn ich mir Mühe gebe, fällt mir vielleicht auch sein Nachname ein.« Sie stand von der Couch auf und legte das Negligé ab. Dann griff sie langsam nach dem Saum ihres Nachthemds und zog es sich über den Kopf. Ihr Körper war so wohlgeformt, wie Brent es sich vorgestellt hatte.
Sie trat auf ihn zu, blieb dicht vor ihm stehen, nahm seine Hand und legte sie auf ihre Brust. Dann flüsterte sie heiser: »So, jetzt kannst du beweisen, daß du der Größte bist.«
Verlangen ließ seine Halsschlagader hämmern, krampfte ihm den Magen zusammen, trübte seinen Verstand. Doch als sie sich an ihn schmiegte, roch er ihr Parfüm, und das erinnerte ihn an Susans Lieblingsmarke.
Er riß sich mit solcher Gewalt von ihr los, daß sie ins Taumeln geriet. Er ging zur Tür, durch die Diele und hinaus in den Gang. Auf dem Weg zum Aufzug mußte er sich eingestehen, daß er im Wohnzimmer einen Augenblick lang geglaubt hatte, sie sei von überwältigendem Verlangen nach ihm motiviert. In Wirklichkeit aber war ihr Motiv Haß gewesen, und sie hatte ihm nur verächtlich demonstrieren wollen, wie leicht er sich von ihr verführen ließ.

Merkwürdig, daß er nicht früher darauf gekommen war. Ärgerlich verdrängte er den Gedanken, daß es ihm erst jetzt eingefallen war, weil der Anblick der nackten Maggie sein Verlangen nach Susan geschürt hatte, und er sagte sich selbst, daß er wohl notgedrungen mehr an die Arbeit und weniger ans Vergnügen gedacht hatte. Er wählte und betrachtete dabei die Frau am Schalter des gegenüberliegenden Reisebüros.
»Ja?« sagte Mrs. Weston, die sich nie dazu bewegen

ließ, sich am Telefon formell mit »Radford-Residenz« zu melden.

»Jim Brent. Ist Miss Susan zu Hause?« Er fand es immer absurd, nach ›Miss Susan‹ zu fragen, aber Veronica war im Umgang mit der »anderen Hälfte« alles andere als vage und geistesabwesend und bestand auf längst überholten Formalitäten.

»Ich glaube ja. Moment bitte.«

Während er wartete fragte er sich, ob die Frau am Schalter, die gerade einen Urlaubsprospekt durchblätterte, sich ebenfalls jenen Tagträumen hingab, die sie anderen verkaufte ...

»Hallo, Jim.«

»Wie geht's dir? Alles in Ordnung?«

»Klar, bestens.«

»Wirklich? Du klingst komisch.«

»Ich war draußen und bin nur ein bißchen außer Atem, das ist alles.«

»Paß auf, ich hab' eine Idee: Komm doch einfach mit nach Spanien. Ich habe die Adresse eines erstklassigen Hotels, und es ist dort bestimmt nicht so schlimm, wie du es dir immer ausgemalt hast. Es liegt direkt am Strand und ganz abgelegen. Keine Menschenmassen, keine Frittenbuden.«

»Klingt gut, geht aber leider nicht.«

»Dort wärst du weit vom Schuß und ganz sicher.«

»Ach, ich habe keine Angst mehr.«

Er war perplex. »Wie das?«

»Chris hat mal mit dem Polizeichef geredet, und wir werden jetzt von einer Sondereinheit bewacht. Zu allen möglichen und unmöglichen Zeiten kommt ein Streifenwagen, und die Beamten sehen nach, ob alles in Ordnung ist. Veronica klagt natürlich, weil das Auto sie nachts aufweckt; sie hat nämlich einen leichten Schlaf.«

»Polizeischutz? Ist ja großartig.« Er hoffte, begeistert

und nicht verdrossen zu klingen. Sein Antrag auf Polizeischutz war mit dem Argument abgewiesen worden, die Gefahr sei nicht akut genug, um den finanziellen und personellen Aufwand zu rechtfertigen. Radford jedoch hatte nur privat ein paar Worte mit dem Polizeichef der Grafschaft zu wechseln brauchen, und diese Überlegungen wurden sofort ignoriert. »Doch das hindert dich ja nicht daran, dir einen Urlaub in der Sonne zu gönnen.«

»Ich käme ja so gerne mit, Jim, aber wir bekommen Besuch von zwei älteren Verwandten, und ich habe Veronica versprochen, ihr beim Bewirten zu helfen.«

»Das kann doch Mrs. Westons Kusine tun, die immer einspringt, wenn es viel zu tun gibt. Bitte komm doch mit. Mir liegt viel daran.«

»Würde ich auch gerne tun, wenn ich könnte. Aber es geht einfach nicht.«

Nachdem das Gespräch zu Ende war, ging er zu der Frau am Schalter des Reisebüros und sagte zu ihr: »Also doch nur ein Flugschein.«

20

Er nahm den Flughafenbus zum Bahnhof Sants in Barcelona, wo er vor dem Fahrkartenschalter so lange Schlange stehen mußte, daß er den Catala Taglo nach Figueras beinahe verpaßt hätte. Am Ziel fuhr ihn ein Taxi durch eine platte, wohlbestellte Landschaft, deren Hintergrund die Pyrenäen bildeten, zum Hotel Bahia Azul. Die Herberge war zwar auf Gruppen eingerichtet, nahm aber auch Einzelreisende an. Die Dame an der Rezeption lächelte und wünschte ihm einen angenehmen Aufenthalt.

Das Zimmer mit Bad war geräumig und hatte Seeblick. Er trat auf den Balkon mit dem kunstvollen schmiedeeisernen Geländer und schaute auf eine junge Frau hinab, die gerade aus dem Wasser kam. Sie ging oben ohne und trug unten wenig. Er verfluchte Susans alte Verwandte und ging dann zum Empfang, um sich einen Mietwagen und einen Dolmetscher zu bestellen.

Carlos Blanco, der ungefähr in Brents Alter war, sprach ein eigenartiges Englisch mit starkem amerikanischem Akzent. »Ich war vier Jahre in Chicago auf der Hotelfachschule und kann Englisch gut.« Der kleine, untersetzte Mann hatte die scharfen Gesichtszüge, die man bei Katalanen oft sieht. »Nun sagen Sie, Señor, wohin Sie wollen und was Sie tun wollen.«
»Kennen Sie den Lagar Rotga?« fragte Brent und hoffte, daß Blancos Selbstgefälligkeit sich etwas legen würde.
»Hm, Rotga . . .« Blanco rieb sich nachdenklich das Kinn, auf dem ein modischer Dreitagebart sprießte. Dann schnalzte er mit den Fingern. »Natürlich! Warum ist mir das nicht gleich eingefallen? Die Kellerei liegt gleich neben Onkel Pedros *finca.* Wollen Sie sie besichtigen? Im Augenblick wird zwar kein Wein gemacht, aber . . .«
»Ich möchte gern mit einem der Angestellten sprechen.«
»Gut, dann fahren wir los.«
Was immer auch geschieht, sagte sich Brent auf dem Weg zum Parkplatz, ich muß geheimhalten, daß ich von der Polizei bin. Ermittlungen ohne Wissen und Genehmigung der spanischen Behörden, das war ein verfahrenstechnisches Vergehen, das selbst Detective Inspector Fawcus den Atem genommen hätte. Er schloß den Ford Fiesta auf, der von der Autoverleih-

firma gebracht worden war, setzte sich ans Steuer und ließ den Motor an. »So, und nun sagen Sie mir, wo's langgeht.«
Nach einer halbstündigen Fahrt durch eine Landschaft, die erst eben und dann wellig war, erreichten sie die Kellerei. Das dreistöckige moderne Gebäude erhob sich vor mehreren sehr viel älteren Häusern, die mehr oder weniger an Scheunen erinnerten. Ringsum wuchsen Reben, die im Winter bis zum Stock zurückgeschnitten wurden.
Sie betraten die Verwaltung durch einen imposanten Eingang mit Marmorsäulen und erreichten eine Empfangshalle, wo an einer Wand ein Ölporträt des Gründers hing. Unter dem Gemälde stand der Empfangstisch, und die strenge Miene des Gründers ließ vermuten, daß er es bedauerte, nicht ewig sicherstellen zu können, daß seine Angestellten ihr Gehalt auch verdienten.
Die Frau am Empfang war jung, hübsch und elegant gekleidet. Blanco, nun ganz der Macho, sprach unnötig lange mit ihr. Sie blieb unbeeindruckt, interessierte sich aber für Brent. Blanco erklärte: »Sagen Sie, was Sie wollen, und sie wird es tun – nur mir zu Gefallen.«
»Dann erklären Sie ihr bitte, daß ein Freund von mir im vergangenen Sommer hier war und von einem Angestellten der Firma sehr zuvorkommend behandelt wurde. Mein Freund wollte ihm zum Dank ein kleines Präsent schicken, doch als er von seiner Reise zurückkehrte, mußte er feststellen, daß er den Zettel mit Namen und Adresse verloren hatte. Als er hörte, daß ich in diese Gegend reisen wollte, bat er mich, den Mann ausfindig zu machen. Vielleicht könnte mir jemand anhand einer Beschreibung sagen, wer er ist. Ich weiß, das klingt etwas sonderbar . . .« Brent lächelte die Empfangsdame an.

Blanco dolmetschte. Die Frau griff nach dem Telefon.
»Sie versucht, Ihnen zu helfen«, meinte Blanco, »und meint, daß Sie am besten zuerst einmal mit dem Vorarbeiter sprechen.«
Brent hatte den Eindruck, daß sie ihm seine Geschichte abgenommen hatte. Blanco schien seine Zweifel zu haben und sah nun so aus, als versuchte er herauszufinden, was hier wirklich vorging und ob ihm womöglich ein Profit winkte.
Die Empfangsdame legte auf und sagte etwas zu Blanco. Der erklärte dann auf englisch: »Der Vorarbeiter kommt.«
Sie brauchten nur kurz zu warten; dann erschien ein kleiner, untersetzter Mann mit Vollbart, der eine Lederschürze und grobe Arbeitskleidung trug. Überraschenderweise hatte er nicht die tiefe Stimme, die Körperbau und Erscheinung erwarten ließen, sondern sprach fast piepsig.
»Er will tun, was er kann«, übersetzte Blanco.
»Bitte danken Sie ihm für seine Hilfe.«
»Erst mal sehen, ob er mir weiterhelfen kann«, war seine etwas ungehobelte Antwort.

»Erklären Sie ihm, daß der Mann, den mein Freund ausfindig zu machen versucht, Ende Fünfzig oder Anfang Sechzig ist, nicht sehr groß und beleibt. Er hat einen schlaffen Händedruck und eine Warze am Hals. Mit Vornamen heißt er Joan.«
Als Blanco diese Informationen weitergegeben hatte, zeigten seine Worte eine beträchtliche Wirkung. Der Vorarbeiter redete laut mit der Empfangsdame, die aufgeregt zurückschnatterte; hin und wieder sprachen die beiden gleichzeitig Blanco an. Es dauerte eine Weile, bis sie sich etwas beruhigt hatten, und dann sagte Blanco: »Sie glauben, daß Sie Joan Capllonch meinen.«

»Warum regen sie sich so auf?«
»Weil der Mann verschwunden ist.«

21

Die Kaserne der Guardia Civil war im traditionellen Stil erbaut. Eine hohe Mauer umgab den Komplex, der nur durch ein Tor zu erreichen war; gleich dahinter stand ein Verwaltungsgebäude; durch einen Torbogen in seiner Mitte gelangte man in einen Innenhof, um den die Unterkünfte für die Gardisten und ihre Familien gruppiert waren. Ein Grundprinzip der Garde lautete, daß kein Mann in seiner Heimatprovinz dienen durfte.
Links gleich hinter dem Torbogen war die Wache. Ein *cabo,* dessen dunkle Haut ihn als Südspanier auswies, saß an einem Schreibtisch und befaßte sich mit den Anfragen des Publikums – durchaus keine schwere Aufgabe, denn es gehen nur wenige Spanier freiwillig zur Guardia. Der Mann hörte sich an, was Blanco zu sagen hatte, und meinte dann, er müsse sich bei einem anderen Mann erkundigen. Dann stand er auf und verließ den kleinen Raum. Zurück kam er mit einem *sargento.*
Der *sargento,* in seinem Auftreten latent aggressiv, lauschte Blanco und musterte dabei Brent. Blanco, der nun recht zahm geworden war, dolmetschte: »Er sagt, ihm sei nichts bekannt.«
»Er muß doch wenigstens im Ansatz wissen, was passiert ist.«
Der *sargento* hob die Schultern, und eine Zeitlang hatte es den Anschein, als sei das seine endgültige Antwort. Dann aber brach er sein schmallippiges Schweigen und sprach plötzlich eine ganze Weile.
Blanco erklärte: »Capllonch wohnt mit seiner Frau und

seinem Sohn, der in der Korkeichenplantage arbeitet, in Rueda. Eines Abends ging er mit Freunden aus, kehrte aber nicht zurück. Auch sein Auto, ein Mercedes, ist verschwunden. Schade um den schönen Wagen.« Den Verlust des Benz schien Blanco mehr zu bedauern als das Verschwinden des Mannes.

»Wissen seine Freunde denn nicht, was aus ihm geworden ist?«

»Niemand weiß, wer sie sind, weil sie alle nicht aus der Gegend stammen. Vielleicht kamen sie aus Madrid.«

In Katalonien gilt Madrid als die Wurzel allen Übels.

»Und seine Frau hat ebenfalls keine Ahnung, wo er sein könnte?«

»Sie sagt, sie hätte ihn seitdem nicht mehr gesehen.«

»Geht er oft mit Freunden aus?«

Blanco stellte diese Frage dem *sargento,* der eine knappe Antwort gab. »Er will wissen, warum Sie so viele Fragen stellen.«

»Ich bin neugierig und möchte meinem Freund in England so viel wie möglich berichten können.«

»Der *sargento* meint, Sie wüßten jetzt alles.«

Weiteres Bohren hätte nur noch mehr Verdacht erregt. Brent bat Blanco, sich für die Auskunft zu bedanken, und verabschiedete sich.

Brent saß nun auf dem Balkon und sah zu, wie die Dunkelheit den Horizont erst verwischte und dann verschwinden ließ; Meer und Himmel gingen ineinander über. Immer wieder fragte er sich, ob Capllonchs Verschwinden ein Zufall war, und immer wieder gelangte er zu dem Schluß, daß es angesichts der wenigen verfügbaren Fakten unmöglich war, eine schlüssige Antwort auf diese Frage zu geben.

Andererseits ... Andererseits war der verschollene

Capllonch fast mit Sicherheit der Mann, den Margaret Simpson im Hotel gesehen, der Hawsley ein Vermögen in Dollar gegeben hatte – Geld, das bestimmt aus einer illegalen Unternehmung stammte. Dazu fuhr Capllonch einen Mercedes, ein recht kostspieliges Fahrzeug für jemanden, der bei der Abfüllanlage arbeitet ...

Erfahrung und Informationen über die Methoden im Drogenhandel zeichneten ein Bild, in das die wenigen bekannten Tatsachen genau paßten. Die Firma Rotga war ein legales Unternehmen, das legale Geschäfte machte; sie tarnte jedoch auch den Rauschgifthandel. In ihrer ersten Form handelte sie mit Großbritannien und verschiffte Weine und Spirituosen, in der zweiten transportierte sie durch diese regulären Kanäle versteckt Drogen. Capllonch hatte für die legale und die illegale Seite der Firma gearbeitet.

Der zusätzliche Verdienst aus dem Drogengeschäft hatte Capllonch einen Wohlstand gebracht, von dem er früher nur hatte träumen können. Aber Geldgier nährt sich von Träumen, und Träume nähren sich von Geldgier. Als er sich die unglaublichen Gewinne ausrechnete, die seine Arbeitgeber einsteckten, kam ihm sein Zusatzverdienst kläglich vor, und er wollte mehr. Der Wunsch ist der Vater des Gedankens; der Rest war eine Frage der Ausführung. Capllonch hatte begonnen, kleine Mengen Rauschgift abzuzweigen, und war sicher, daß dieser bescheidene Diebstahl nicht auffallen würde.

Hawsley war ein Buchhalter, dessen Arbeit sich in drei Kategorien aufteilen ließ. Er überwachte die Finanzen der legitimen Seite der Seetonhurst Wine Company; er prüfte die Konten der illegalen Geschäfte und stellte sicher, daß niemand die Chefs betrog; und er steuerte die Geldwäsche. In seiner zweiten Kapazität hatte er

erst den Diebstahl in der Kellerei entdeckt und dann den Dieb identifiziert.
So wie die Geldgier Capllonchs Träume genährt hatte, motivierte sie nun Hawsley. Wenn er seine Entdekkung meldete, wurde Capllonch ermordet, und er selbst konnte sich höchstens ein Lob erhoffen, aber wenn er Capllonch zu einer Partnerschaft überredete, winkte ihm ein Vermögen, und er konnte sich endlich alles das leisten, was die wirklich Reichen hatten – zum Beispiel eine schöne und leidenschaftliche Geliebte in einer Luxuswohnung. Und wer konnte ihm, der ja selbst der Revisor war, schon auf die Schliche kommen? Wer wacht über die Wächter? Sicher die Bosse, wenn sie erfuhren, daß Capllonch Drogen auf eigene Rechnung verkaufte.
Die Tatsache, daß Hawsley noch lebte, mußte bedeuten, daß seine Partnerschaft mit Capllonch noch nicht ans Licht gekommen war. Vielleicht waren die Bosse zu sicher gewesen, daß Capllonch allein gehandelt hatte; vielleicht hatten sie ihn auch zu schnell ausgeschaltet, ohne ihn vorher verhören zu lassen; vielleicht hatte ein Verhör stattgefunden, war aber so brutal durchgeführt worden, daß Capllonch starb, ehe er etwas verraten konnte.
Soweit das Szenarium. Leider gründete es auf nur wenigen Fakten und vielen Vermutungen. Wenn Brent nun zur spanischen Polizei ging und sie bat, seinen Vermutungen nachzugehen, würde man ihn mit vollem Recht als einen Narren behandeln, der sich unbefugt eingemischt hatte, und bei den britischen Behörden einen geharnischten Protest einlegen ...
Er empfand bittere Frustration. Susan war weiterhin in Gefahr. Sie wähnte sich in Sicherheit, weil sie unter Polizeischutz stand, aber einem guten Killerteam war ein Streifenwagen höchstens lästig, doch kein Hinder-

nis. Man konnte sich gut vorstellen, daß die Schläger abwarteten, bis der Streifenwagen fortgefahren war, und in dem Wissen, daß er so bald nicht zurückkehrte, würden sie dann angreifen. Die beiden Rottweiler ließen sich mit einem Betäubungsmittel außer Gefecht setzen. Ein Spezialist schaltete dann die Alarmanlagen aus. Waren sie im Haus, suchten sie die Schlafzimmer ab und fanden sie ...

Brent hatte sich eingeredet, nun nichts weiter tun zu können. Das war falsch gewesen. Vorausgesetzt, daß er bereit war, noch mehr zu wagen – und für Susan war er zu jedem Risiko bereit –, konnte er etwas unternehmen. Er konnte feststellen, ob Capllonch sich mit dem Mercedes nur einen Wunschtraum erfüllt und sonst ein sparsames Leben geführt hatte, oder ob das Auto nur ein sichtbarer Hinweis auf die Tatsache war, daß er mehr ausgab, als er verdiente.

Brent sprach im Hotel mit der Empfangsdame und bat, unter dem Vorwand, Blanco sei zu beschäftigt, um weiter für ihn zu arbeiten, um einen neuen Dolmetscher. Die Frau nahm ihm die Lüge ohne Zögern ab und versicherte ihm, Ersatz sei problemlos zu finden. Brent war froh, denn Blanco war ihm bereits zu neugierig geworden; der geplante Besuch hätte seine Neugierde ins Fieberhafte gesteigert.

Aznar, sein Nachfolger, stand im strikten Kontrast zu ihm. Der Mann in mittleren Jahren war still, fast zaghaft. Die Fahrt nach Rueda würde ungefähr eine Stunde in Anspruch nehmen, meinte er, denn das Dorf läge in den Ausläufern der Pyrenäen. Nach dem Grund für Brents Besuch bei einer ihm unbekannten Familie fragte er nicht.

Die Fahrt dauerte länger als eine Stunde, weil die Straße durch die Korkeichenwälder eng und gewunden war und an den meisten Kurven Leitplanken fehlten. Brent fuhr auch besonders vorsichtig, denn er hatte nur wenig Erfahrung im Rechtsfahren und fühlte sich auf der »falschen« Straßenseite nicht so recht wohl.

Rueda lag auf einem Höhenzug, und seine gepflasterten und für den modernen Verkehr völlig ungeeigneten schmalen Straßen waren stellenweise so steil, daß sie Stufen hatten. Die kleinen Häuser aus Naturstein standen dicht gedrängt; dies wohl zum Schutz im Winter, der hier, in knapp fünfhundert Meter Höhe, recht streng sein konnte.

Aznar ging in einen Laden, der weder ein Schaufenster noch ein Aushängeschild hatte; erst nach einem Schritt durch den Glasperlenvorhang erkannte man, daß man sich in einem Geschäft befand. Er erkundigte sich nach dem Haus der Familie Capllonch. Die beiden Kunden im Geschäft musterten ihn mißtrauisch, und die Frau hinter der rohen Holztheke antwortete erst nach langem Zögern.

»Ich hatte schon befürchtet, daß diese Leute schwierig sind«, meinte Aznar, als sie wieder auf der Straße standen. »Sie wollte mir noch nicht einmal sagen, wo die Capllonchs wohnen. Diese Dörfler leben abgeschieden und trauen Fremden nicht.«

»Nun, sie werden hier oben auch nicht viel zu sehen bekommen.«

»Genau, weil es hier nichts zu sehen gibt.«

Sie bogen in eine steile Straße ein, an deren Ende fünf Häuser einen kleinen Platz umstanden. Vor einem dieser Gebäude war ein Esel mit Satteltaschen angebunden.

»Hier ist es, glaube ich.« Aznar ging auf das Haus gleich rechts von ihnen zu, dessen Tür man über drei abwärtsführende Stufen erreichte. Der Landessitte fol-

gend ging er sogleich durch den Perlenvorhang hinein und rief dann erst, ob jemand da sei.
Sie befanden sich im Wohnzimmer. Die dreiteilige Polstergarnitur war neu und mit feinstem Leder bezogen, es gab eine reich mit Intarsien verzierte Anrichte und ein verglastes Büfett, das Lladro-Figuren enthielt, einen Teppich, der auch das Haus eines Reichen hätte zieren können, einen riesigen Fernseher und daneben einen HiFi-Turm mit Lautsprechern, die gut einen Meter hoch waren.
Eine Frau, deren grobes, rundes Gesicht von Alter, Entbehrungen der Vergangenheit und Sorgen der Gegenwart gezeichnet war, erschien in einer Tür. Sie trug ein formloses schwarzes Kleid und starrte sie an, begrüßte sie aber nicht.
Aznar sprach sie an. Sie schüttelte den Kopf. Er redete weiter, diesmal länger, aber sie machte abrupt kehrt und ging aus dem Zimmer. »Das ist sehr schwierig. Sie müssen verstehen, daß diese Dorfbewohner anders sind als die meisten Katalanen . . .«
»Diese Feindlichkeit Fremden gegenüber gibt es bei uns auch.« Brent ging durch den Raum und sah sich den Fernseher an. Ein Sony. In England kannte er nur eine Familie, die ein so großes und teures Gerät besaß, und das waren Susans Eltern. Und Polstermöbel aus Leder waren bestimmt auch in Spanien ein Luxusartikel. Der Teppich mußte ein Vermögen gekostet haben. Anrichte und Büfett waren neu . . .
Capllonchs Frau – oder Witwe – kehrte mit einem Mann zurück, dessen griesgrämiges Gesicht ihrem so ähnlich war, daß er ihr Sohn sein mußte. Er sprach grob und mit zornigen Gesten.
»Er will wissen, wer Sie sind«, sagte Aznar zu Brent, »und warum Sie Fragen stellen.«
»Erklären Sie ihm bitte, daß ich nur wissen möchte, ob

die Familie etwas von seinem Vater gehört hat, der so nett zu meinem Freund war.«

Der Sohn hörte sich an, was Aznar zu sagen hatte, und musterte Brent dabei finster. Dann machte er auf dem Absatz kehrt und stampfte hinaus.

»Er will nichts sagen«, erklärte Aznar überflüssigerweise. »Ich werde die Mutter noch einmal fragen.«

Die Frau schüttelte nur den Kopf.

»Bedaure, Señor, aber hier werden wir wohl nichts erfahren. Ich habe ein sonderbares Gefühl. Es ist, als ob . . .« Er hielt inne, zögerte, sprach weiter. »Sie scheinen Angst zu haben, aber das ist natürlich unmöglich. Wovor sollten sie sich fürchten? Das ist der dumme Argwohn dieser Leute, die nur Menschen aus ihrem Dorf trauen.«

Was erzählt er da für einen Unsinn? dachte Brent. Er hatte natürlich nicht verstanden, was Mutter und Sohn gesagt hatten, aber einen Unterton mitbekommen, der gut auf Angst hinweisen konnte.

Als sie gingen, starrte ihnen die Frau übellaunig nach und erwiderte ihren Abschiedsgruß nicht. Der Fiesta stand am Rand der einzigen Straße, die zum Dorf führte. Brent schloß die Türen auf, setzte sich ans Steuer, ließ den Motor an und wendete ungeschickt, weil die Straße so schmal war und er ihrem ungesicherten Rand über den Hang nicht zu nahe kommen wollte. Ehe er losfuhr, schaute er in den Rückspiegel und sah ein letztes Mal Rueda, das trotz der hellen Sonne irgendwie finster wirkte. Ihm fiel auf, daß ein Land-Cruiser aus dem Dorf kam, und er fragte sich kurz, wer so dumm gewesen war, mit einem Auto dieser Größe die schmalen, gewundenen Gassen zu befahren.

Er nahm die Haarnadelkurven mit einer Geschwindigkeit, die junge spanische Fahrer nur mit verächtlichem

Gelächter quittiert hätten, und war daher nicht überrascht, als der Geländewagen im Rückspiegel auftauchte. Etwas erstaundlich fand Brent allerdings, daß das andere Fahrzeug ihn auf einer Geraden nicht überholte, sondern abbremste und sich seinem Tempo anpaßte.

Sie durchfuhren eine linke Haarnadelkurve und hielten nun auf eine zweite, mindestens ebenso scharfe Kurve zu. Der Land-Cruiser holte auf, blieb aber hinter ihnen. Brent schaltete herunter, um die Kurve zu nehmen. Hier war der Hang sehr steil, doch die Straße war nicht mit einer Leitplanke gesichert.

Nach der Kurve scherte der Geländewagen aus. Ein gefährliches Manöver, da sie nur noch zweihundert Meter von der nächsten Kurve entfernt waren; offenbar mußte dieser Macho um jeden Preis an dem dahinschleichenden Touristen vorbei. Brent bremste ab, um dem anderen Raum und Zeit für sein waghalsiges Manöver zu geben. Der Land-Cruiser kam auf gleiche Höhe, beschleunigte aber nicht weiter, sondern kam dichter heran.

Zuerst dachte Brent: Der Fahrer muß besoffen sein. Dann aber, als er instinktiv zur Seite schaute, um Geschwindigkeit und Distanz abzuschätzen, sah er den Beifahrer und erkannte, daß hier kein Alkohol im Spiel war.

Brent war schon immer reaktionsschnell gewesen und hatte bei der Polizei gelernt, seine Emotionen diese Reaktionen nicht beeinträchtigen zu lassen. Überraschung, Schock oder Angst hätten ihn lähmen sollen, aber das geschah nicht. Er bremste ab, und der Fiesta geriet ins Schleudern; er korrigierte durch Gegensteuern. Aznar war auf den jähen Ruck nicht gefaßt gewesen und wurde zur Seite geschleudert; sein Gurt straffte sich automatisch, und er stieß einen Schrei aus.

Der Land-Cruiser bremste ebenfalls so heftig, daß seine Geländereifen qualmten, als er den Ford schnitt. Brent trat das Gaspedal durch und steuerte nach rechts in dem Versuch, durch die enger werdende Lücke zu gelangen. Reifen holperten auf dem Straßenrand, es gab einen leichten Ruck, als Metall mit Metall Kontakt bekam, und dann waren sie durch.

Brent gab weiter viel Gas und hoffte, sich abzusetzen, aber der Land-Cruiser hatte einen Motor mit Turbolader und war schneller. Er holte auf, setzte sich neben den Fiesta und versuchte erneut, ihn abzudrängen. Sie hatten nun die nächste Kurve fast erreicht, und weil es sich um eine Linkskurve handelte, brauchte der Fahrer des Geländewagens nur Kurs zu halten, um sein Ziel zu erreichen. Nun lag es für Brent nahe, daß er wieder unvermittelt bremsen und versuchen mußte, sich dann hinter das andere Fahrzeug zu setzen. Er trat für den Bruchteil einer Sekunde auf die Bremse, gab dann Gas. Der Fahrer des Geländewagens bremste ebenfalls, wurde jedoch von dem Beschleunigungsmanöver überrascht. Zu allem Pech hatten sie nun die Kurve erreicht. Brent brachte den Fiesta durch Gegensteuern in Position und steuerte dann die Kurve an. Fast hätte er es geschafft, aber Rollsplitt auf dem Straßenbelag ließ die Reifen die Bodenhaftung verlieren. Der Fiesta wurde aus der Kurve getragen und stürzte in den Abgrund.

Brent hatte nicht das Gefühl, sich mitten in einer Katastrophe zu befinden; er fragte sich auch nicht, wie weit sie nun zu fallen hatten oder ob sie beim Aufprall zerschmettert würden. Er nahm nur unscharf Bewegungen wahr und hatte ein Gefühl der Hilflosigkeit, das mit einem gewaltigen Schlag und einem Ruck endete, der ihn in die Gurte schleuderte.

Langsam konnte er wieder klar sehen. Er stellte fest,

daß der Wagen nach vorne geneigt auf den Rädern stand. Dann schaute er durch die zersplitterte Windschutzscheibe. Die Motorhaube war stark gestaucht; der Fiesta war frontal gegen eine Korkeiche geprallt, deren dicke Rinde den Aufprall gedämpft hatte. Hätte nicht der Baum im Weg gestanden, wären sie mehrere Meter tiefer auf Felsblöcken gelandet. Es roch nach Benzin.

Brent schaute nach rechts. Aznar schien unverletzt zu sein, regte sich aber nicht und blickte starr. »Raus!« schrie Brent und versuchte, den anderen aus seinem Schockzustand zu reißen. Aznar aber blieb stumm. Brent löste erst seinen und dann Aznars Sicherheitsgurt. Er versuchte, die Beifahrertür zu öffnen, aber sie klemmte. Er stieg hastig auf seiner Seite aus, langte in den Wagen und packte Aznar am Hemd.

Es gab einen kurzen Knall! Das auslaufende Benzin fing Feuer. Brent stieß seine schlimmsten englischen Flüche aus, die Aznar offenbar zur Besinnung brachten, denn er krabbelte aus dem Auto.

In sicherer Entfernung blieben sie stehen, drehten sich um und starrten das brennende Wrack an. Aznar begann zu zittern, als hätte er Schüttelfrost.

Im Hotel schenkte Brent sich aus einer Flasche, die er im Supermarkt gekauft hatte, einen neuen Brandy ein, ging zurück auf den Balkon setzte sich auf einen Korbsessel und starrte hinaus aufs Meer, das Windsurfer mit den grellen Farben ihrer Segel belebten.

Er trank einen Schluck und war froh, noch am Leben zu sein. Bei der Autoverleihfirma hatte man die Nachricht, daß der Fiesta ein Totalschaden war, bemerkenswert gelassen hingenommen und Brents und Aznars Behauptung, der andere Fahrer sei volltrunken gewesen, nicht in Frage gestellt. Diese Gemütsruhe bewog

Brent zu spekulieren, ob man angesichts dieser Tatsache nicht mehr als zufrieden war, sich den Verlust mit einem neuen Fahrzeug von der Versicherung ersetzen zu lassen. Zum Glück war auch die Polizei nicht sehr neugierig. Da weder Brent noch Aznar das Kennzeichen des Land-Cruisers gesehen hatten, war es so gut wie unmöglich, ihn ausfindig zu machen. Außerdem, so hatte man mit seiner Haltung angedeutet, zerbrach man sich nicht lange den Kopf über einen Ausländer, der mal wieder einen Unfall gebaut hatte.

Capllonchs Familie war offenbar von zwei Mitgliedern der Dealerbande überwacht worden, die dafür zu sorgen hatten, daß sie in Angst und Schrecken lebte und es nicht wagte, den Behörden etwas zu sagen. Nachdem Capllonchs Sohn ihnen den Namen des ausländischen Besuchers verraten hatte, war der Engländer als einer der beiden Beamten identifiziert worden, die Hawsley unter Druck gesetzt hatten. Die beiden dummen Gauner hatten nicht erst um Anweisungen gebeten, sondern auf eigene Faust beschlossen, den neugierigen Engländer auszuschalten. Dumm von ihnen, denn der Mordversuch bestätigte, was bisher nur eine Vermutung gewesen war.

Sie hatten Brent eine Bestätigung geliefert, aber immer noch keinen Beweis. Er war seinem Ziel nicht näher als zuvor. Und sein Versagen mußte Susan in noch größere Gefahr bringen . . .

Er leerte das Glas, ging zurück ins Zimmer und schenkte erneut ein. Und dann, er hielt gerade den Flaschenhals über das Glas, fiel ihm ein, daß dieses Versagen ihm eine Erfolgschance bot – vorausgesetzt, er war bereit, gegen seine Prinzipien zu verstoßen. Doch wenn das Susans Sicherheit garantierte, war der Preis verhältnismäßig gering.

Brent hielt vor der Garage der Cockscom Farm und ging durch den Garten zur Haustür. Dort klingelte er. Caroline Hawsley machte auf, und ihre Miene paßte zu ihrem essigsauren Ton. »Was wollen Sie denn schon wieder?«
»Ich möchte mit Mr. Hawsley sprechen.«
»Mit Ihnen sprechen wir nur über unsere Anwälte.«
»Ich bin sicher, daß er lieber mit mir persönlich spricht.«
»Was wollen Sie damit sagen?«
»Daß mein Besuch sehr in seinem Interesse ist.«
Er sah ihr an, daß sie das Gespräch am liebsten abrupt beendet hätte, aber doch ihre Zweifel hatte. Endlich trat sie zur Seite. Er ging in die Halle. »Ashley!« rief sie.
Einen Moment später erschien Hawsley auf dem kleinen Treppenabsatz.
»Dieser Beamte möchte dich sprechen und behauptet, es sei in deinem Interesse.«
»Warum?«
Weder sie noch Brent antwortete. Er kam die Treppe herunter, dann ging sie voran ins Wohnzimmer. Sie setzte sich auf einen Sessel. »So, würden Sie uns nun bitte erklären, worum es geht?«
Brent war kein Sitzplatz angeboten worden, er setzte sich trotzdem und machte es sich gemütlich. »Es beginnt an dem Tag, an dem der Sergeant das Kokain in Mr. Hawsleys Jackentasche fand.«
»Das ist eine unverschämte Lüge«, fuhr sie ihn an.
»Richtig.«
Die beiden starrten ihn an, völlig verwirrt von diesem Geständnis.
»Er steckte es Mr. Hawsley zu, um ihn zu einer Aus-

sage über Maureen Lewis zu bewegen. Ich möchte Ihnen nun vorschlagen, Mrs. Hawsley, daß Sie die Wahrheit sagen und erklären, doch nicht die ganze Zeit im Hause gewesen zu sein. Mr. Hawsley rate ich, zu lügen und auszusagen, doch das Kokain in der Tasche gehabt zu haben.«

»Sie sind wohl nicht ganz bei Sinnen! Das ist einfach lächerlich! Ich werde unsere Anwälte instruieren –«

»Das würde ich an Ihrer Stelle bleiben lassen. Wenn Sie das tun, bin ich gezwungen, die Erkenntnisse weiterzugeben, die ich bei einem Besuch der Kellerei Rotga gewann, und zu melden, was geschah, als ich versuchte, Kontakt mit Joan Capllonch aufzunehmen.«

»Ich habe keine Ahnung, wovon Sie reden.«

»Ihr Mann weiß, was ich meine.«

Sie fuhr herum. Hawsley stand die nackte Angst im Gesicht.

»In diesem Fall«, fuhr Brent ruhig fort, »ist die Wahrheit zur Lüge geworden und die Lüge zur Wahrheit.

Die Kellerei Rotga SA ist ein legitimes Unternehmen, das hinter dieser Fassade mit illegalen Drogen handelt. Die Seetonhurst Wine Company ist eine legale Importfirma, die hinter dieser Fassade illegale Drogen einführt. Capllonch, ein Angestellter der Kellerei, arbeitete für die legale und die illegale Seite der Firma. Dieser raffgierige Mann war mit der ihm zugedachten Sondervergütung nicht zufrieden und begann, Rauschgift in kleinen Mengen zu stehlen und auf eigene Rechnung weiterzuverkaufen.

Ihr Mann überwacht als Buchhalter die legalen und illegalen Geschäfte seines Arbeitgebers. In seiner zweiten Rolle reiste er häufig nach Spanien und deckte bei einem solchen Besuch Capllonchs Diebstahl auf. Auch ihr Mann war mit seiner Dotierung nicht zufrieden, und da er mehr wollte, zwang er Capllonch, ihn als

Partner aufzunehmen und größere Mengen zu stehlen. Ein sehr profitables Arrangement, das endete, als Capllonch sich entweder selbst verriet oder verraten wurde und die Unterschlagung mit dem Leben bezahlen mußte. Die Untreue Ihres Mannes wurde zu seinem Glück nicht aufgedeckt; hätte man ihn erwischt, wäre er ebenfalls ermordet worden.«
Sie stöhnte einmal schmerzlich auf. Dann faltete sie die Hände im Schoß und starrte ins Leere. Sie hatte den einzigen Fluchtweg gewählt, der ihr noch offenstand.
»Sie können mir überhaupt nichts nachweisen!« schrie Hawsley.
»Stimmt. Aber das sollte Sie nicht daran hindern, alles zu gestehen und der Polizei mit Ihren Aussagen bei der Zerschlagung dieses Rings zu helfen. Damit könnten Sie einigen Schaden, den Sie mit Ihrer Mittäterschaft angerichtet haben, wiedergutmachen.«
»Kommt nicht in Frage.«
»Es bleibt Ihnen kaum etwas anderes übrig. Wenn Sie tun, was Sie können, vergesse ich, was ich über Maggie und eine sehr teure Wohnung in Winslow Mansions weiß. Weigern Sie sich, gebe ich die Information an Ihre Bosse weiter. Die werden bald erkennen, daß Sie mit Capllonch unter einer Decke steckten. Dann wird Ihre Lebensversicherung sehr bald fällig.«
»Das ist . . . das ist ja Erpressung.«
»In gewisser Hinsicht haben Sie wohl recht. Aber verglichen mit Mord und Rauschgifthandel ist meine Handlungsweise geradezu harmlos.«

Detective Inspector Fawcus hieb in einer selten offenen Demonstration vor Zorn auf den Tisch. »Verdammt noch mal, ich habe Sie doch angewiesen, sich verfügbar zu halten.«

»Tut mir leid, Sir, aber ich mußte für kurze Zeit nach Spanien.«
Das verschlug Fawcus erst einmal die Sprache. Doch er gewann die Fassung bald wieder zurück. »Ihnen will offensichtlich nicht in den Kopf, daß Vorschriften und Befehle zu befolgen sind. Und Ihre unsinnigen Aktionen werden sich bei dem bevorstehenden Verfahren gegen Sie und Sergeant O'Connor ungünstig auswirken.«
»Das klingt ja, als verurteilten Sie uns schon im vorhinein.«
Fawcus preßte die Lippen zusammen. »Meinetwegen, wenn das Ihre Reaktion ist . . . Die Verhandlung findet am vierten August statt. Sie haben sich um zehn Uhr früh in der Zentrale einzufinden. Sie haben das Recht auf einen Anwalt. Ist das klar?«
»Jawohl, Sir. Nur ein Punkt bedarf noch der Klärung. Soll die Verhandlung stattfinden, obwohl Mr. Hawsley nun gesteht, die Droge bei sich gehabt zu haben, und Mrs. Hawsley nun einräumt, zum fraglichen Zeitpunkt nicht zugegen gewesen zu sein?«
Fawcus schwieg einige Sekunden lang und sagte dann: »Er ist also bereit zu lügen – obwohl ihm das so zum Nachteil gereichen muß?«
»Man könnte eher sagen, daß er endlich bereit ist, die Wahrheit zu sagen.«
»Würden Sie mir bitte erklären, warum er sich einer Straftat schuldig bekennt, die er nicht begangen hat?«
»Ich weiß nicht, was diesen Sinneswandel bewirkt hat.«
»So . . .? Sie wollen mir wohl nicht verraten, wie Sie das gedeichselt haben?«
»Gedeichselt? Was denn, Sir?«
»Genau! Vielleicht schlafe ich ruhiger, wenn ich das nicht weiß.«

Mrs. Weston ließ Brent ein und sagte, Miss Susan sei nicht da, aber Mrs. Radford arbeite im Lavendelgarten. Er ging durchs Haus und verließ es durch die Hintertür. Vor dem Gartenpavillon war eine runde, von einer Lavendelhecke umgebene Rasenfläche, und Veronica kniete auf einer Gummimatte und jätete ein Beet.
Sie ging in die Hocke. »Hallo, Jim. Wie geht's?«
Er erwiderte, es ginge ihm gut und er sei gerade aus Spanien zurückgekommen und habe ein kleines Mitbringsel für sie. Als er ihr die Tüte reichte, befürchtete sie seiner Vermutung nach wohl einen Don Quichotte aus Holz. Als sie aber feststellte, daß es eine Flasche war, entspannte sie sich und dankte ihm.
Er wies auf die eingewickelte Schachtel Pralinen in seiner Linken und sagte: »Die sind für Susan. Wann kommt sie zurück?«
»Das weiß ich nicht.«
»Kann ich dann eine Weile bleiben, wenn sie nicht zu spät zurückerwartet wird?«
»Heute kommt sie bestimmt nicht.«
»So? Ich dachte, sie müßte Ihnen bei der Bewirtung zweier älterer Verwandter helfen.«
»Gute Güte! Bestimmt nicht!«
»Wo steckt sie dann?«
»In Derbyshire, glaube ich.« Veronica stand auf. »So eine nette Familie. Und Marcus hat in der City viel Erfolg.«
»Wer ist Marcus?«
»Der einzige Sohn. Man freut sich ja so, wenn ein Sohn die Familientradition fortsetzt und sich auf die Übernahme des Guts vorbereitet.«
»Glauben Sie, daß sie längere Zeit dort bleibt?«
»Gut möglich, das Gestüt dort ist recht groß. Aber genau weiß ich das nicht. Die Kinder heutzutage machen ja, was sie wollen, ohne ihre Eltern zu fragen.«

Zum Beispiel, sich vorübergehend mit einem Constable zu liieren? »Nun, dann ist Warten ja sinnlos. Vielleicht sind Sie so gut, ihr die Pralinen zu geben, wenn sie mal vorbeikommt – vorausgesetzt, sie sind bis dahin nicht verschimmelt.«
Er verabschiedete sich und ging.

»Hugh ist im Wohnzimmer«, sagte Pam O'Connor. »Seit er das Verhandlungsdatum erfahren hat, sitzt er nur noch vor dem Fernseher. Ich kann ihn noch nicht einmal dazu bewegen, ins Pub zu gehen, und Sie wissen ja, wie sehr er sein Bierchen liebte.« Ihre Lippen bebten.
»Wenn ich mit ihm gesprochen habe«, meinte Brent voller Zuversicht, »gehen wir alle ins Pub und zischen mehrere Bierchen.«
Sie schaute zu ihm auf. »Sie wollen doch nicht etwa sagen ... Das heißt doch nicht ...«
»Die Verhandlung findet nicht statt. Hawsley gibt den Drogenbesitz zu.«
Sie fing plötzlich an zu weinen.
»Moment, was ist los? Das soll eine gute Nachricht sein, und es ist keine schlechte.«
»Ich muß einfach heulen. Haben Sie denn keine Ahnung von Frauen?«
»Wahrscheinlich nicht«, versetzte Brent auf dem Weg zum Wohnzimmer.

Isaac Asimov

Isaac Asimov ist ein Autor von beinahe unglaublicher Vielseitigkeit und hat sowohl anerkannte Sachbücher aus den Gebieten Physik, Geschichte, Literatur wie auch eine große Anzahl von Romanen verfaßt. Er schrieb Kriminalromane und einige Sammelbände mit bösen Geschichten der Schwarzen Witwer, ferner mehrere berühmte Science-fiction-Krimis, u. a. »Der Mann von drüben«, »Die nackte Sonne«, »Aurora oder der Aufbruch zu den Sternen«.
Die obenerwähnten Schwarzen Witwer sind ein Klub gleichgesinnter Gentlemen, der sich einmal im Monat zu einem Abendessen mit gepflegter Unterhaltung trifft. Zum Nachtisch löst man einen Mord.
Asimov lebt heute in Boston/Mass.

Von Isaac Asimov sind erschienen:

Experiment mit dem Tod
Die letzte Pointe schreibt der Tod

Stanley Ellin

Stanley Ellin, geboren 1916 in New York, arbeitete nach dem Studium in verschiedenen Berufen. Nach dem Zweiten Weltkrieg wurde er freier Schriftsteller.
Die Romane und Erzählungen des »Meisters des sanften Schreckens« haben ihm internationalen Ruhm eingetragen. Siebenmal wurde er mit dem Edgar-Allan-Poe-Preis ausgezeichnet, und 1975 erhielt er den »Grand Prix de la Littérature Policière«. Seine Werke wurden von Regisseuren wie Claude Chabrol, Joseph Losey und Alfred Hitchcock verfilmt.
Ellin hat sich vor allem mit seinen makaber-bösen Stories einen Namen gemacht, z. B. mit *Die Segensreich-Methode* oder *Die Spezialität des Hauses*. Er schuf damit ein völlig neues, psychologisch äußerst subtiles Genre des Kriminalromans.
Ellin starb am 31. Juli 1986 in New York.

Von Stanley Ellin sind erschienen:

Der Acht-Stunden-Mann
Im Kreis der Hölle
Die Millionen des Mr. Valentin
Nagelprobe mit einem Toten
Die schöne Dame von nebenan
Spezialitäten des Hauses
Die Tricks der alten Dame
Der Zweck heiligt die Mittel